D

Peter Henisch

SIEBENEINHALB LEBEN

Roman

Deuticke

Gefördert von der Kulturabteilung
der Stadt Wien, Literatur.

1. Auflage 2018

ISBN 978-3-552-06380-8

Satz: Eva Kaltenbrunner-Dorfinger, Wien
Autorenfoto: © Willi Svoboda/Deuticke Verlag
Umschlag: Anzinger und Rasp, München
Illustration: © Giacomo Bagnara
Druck und Bindung: GGP Media GmbH, Pößneck
Printed in Germany

MIX
Papier aus verantwortungsvollen Quellen
FSC® C014496

Für Craig Decker, den lieben Freund

1

Dieser Sommer, der nicht enden wollte … Es war schon Ende September, aber die Tage waren noch immer heiß und die Nächte lau. Das war schön, aber man hatte das Gefühl, dass es nicht so bleiben konnte. Man musste es also nutzen, solang es noch ging.

Dabei der Verdacht, dass einem da etwas geschenkt wurde, das man gar nicht verdiente. Und dass es dann, wenn sich das Wetter eines Tages doch noch wendete, lang dauern mochte, bis es wieder so schön wurde. *Falls* es je wieder so schön wurde, worauf man sich nicht so ohne weiteres verlassen konnte. Ich war gewiss nicht der Einzige, der das empfand.

Im Türkenschanzpark lagen jüngere Menschen leicht bis fast gar nicht bekleidet auf den nach wie vor erstaunlich grünen Wiesen. Ältere saßen auf Bänken und genossen das warme Rot unter den geschlossenen Lidern. Oder sahen den Enten zu, die auf dem Teich bei der Meierei hin und her schwammen, und den Kindern, die diese Enten mit Semmelbröckchen fütterten. Joggerinnen und Jogger drehten ihre Runden, Hunde aller Formate wurden spazieren geführt, in den Bäumen, deren Blätter noch kaum gelb waren, zwitscherten die Vögel.

Beinahe idyllisch, notierte ich – *na und?* Nur die Rudel von Jugendlichen, die, in für die Halswirbelsäule schädlicher Haltung, mit ihren I-Phones in der Hand virtuelle Ungeheuer jagten, fand ich ein bisschen störend. *Pokémon Go* hieß das Spiel, das seit Anfang des Sommers *angesagt* war, ein Spiel, bei dem die Kids, wie wohlwollende Kommentatoren schrieben, immerhin Bewegung an der frischen Luft machten. Außerdem hörte man ab und zu das Folgetonhorn eines Einsatzfahrzeugs, aber das war draußen, in der Hasenauerstraße, der Gersthofer Straße oder gar in der Peter-Jordan-Straße, also weit genug entfernt.

Ich hatte eine Bank entdeckt, die ein wenig im Gebüsch versteckt lag. Wenn die Blätter der Sträucher fielen, in denen sogar noch späte Blüten standen, würde es mit dieser Verborgenheit vorbei sein. Vorläufig fand allerdings nur selten jemand anderer hierher, und wenn doch, so handelte es sich meist um dezente Personen. Wortkarge oder schüchterne Menschen, die allenfalls leise grüßten, bevor sie sich ans andere Ende der Bank setzten und sich dann in ihre Zeitungen oder sogar Bücher vertieften (tatsächlich, diese Minderheit gab es noch) oder einfach aufs Wasser hinausschauten.

Doch dann, eines Nachmittags, saß ein Mann am anderen Ende der Bank, der sich anders verhielt. Er nahm nicht viel Platz ein, er hatte schmale Schultern. Vielleicht lag dieser Eindruck allerdings auch an der Haltung, in der er vorerst verharrte – die Arme vor der Brust gekreuzt, die linke Hand am rechten und die rechte Hand am linken Oberarm. Als ob ihm kalt wäre. Trotz der nach wie vor fast sommerlichen Temperatur.

Das war es, was mir zuallererst an ihm auffiel. Aber ich wollte ihn gar nicht weiter beachten. Ich schrieb in mein Notizheft. Ich würde mich nicht ablenken lassen. Gerade jetzt, da ich das Gefühl hatte, dass ich mit dem Text, mit dem ich letzthin nur mühsam vorangekommen war, endlich in Fahrt kam.

Im wahrsten Sinne des Wortes. In diesem Text saß ich auf meinem Rad. Das heißt, zuerst, auf den letzten Metern vor der Passhöhe, *stand* ich noch in den Pedalen. Doch schon im nächsten Satz hatte ich die Steigung überwunden – jetzt! –, die Anspannung in den Waden, aber auch in den Armen und im Rücken löste sich. Und schon sauste ich bergab, bergab, und in diesem Satz versuchte ich den Fahrtwind einzufangen, den ich damals, mit sechzehn oder siebzehn, gespürt hatte, diesen Wind, der mir den Schweiß von der Stirn wegblies und mir durchs Haar fuhr.

Weiter so, weiter so! Von dem schmalen Mann, der sich neben mich gesetzt hatte, durfte ich mich nicht irritieren lassen. Allerdings war das leichter gedacht als getan. Ich versuchte ihn zu ignorieren, aber ich fühlte mich von ihm beobachtet. Oder genauer: Ich hatte den Eindruck, dass dieser Mensch, der vom Rand der Bank näher an mich heranrückte, nicht so sehr *mich* beobachtete als vielmehr den Bleistift, mit dem ich schrieb.

Den Bleistift, den ich gerade vorher gespitzt hatte. Es war mir wichtig, mit gut gespitzten Bleistiften zu schreiben. Trotzdem war es unwahrscheinlich, dass der distanzlose Mensch neben mir meine Handschrift wirklich lesen konnte. Aber das Gefühl, dass sein Blick jeder der kleinen Bewegungen folgte, die meine durch Impulse aus dem Gehirn gesteuerte Hand auf den Bleistift übertrug – dieses Gefühl war dennoch störend.

So gut mir die letzten paar Sätze von der Hand gegangen waren – jetzt kamen sie ins Stocken. Schon wollte ich aufstehen und gehen. Da sprach mich der Mann an. Sie sind doch, sagte er, der Herr – Spielmann, nicht wahr? Ich war nicht geistesgegenwärtig genug, um mich zu verleugnen.

Der Autor …, sagte der Mann

Ja, gab ich zu. Ich bin Schriftsteller.

Der Autor des Buchs mit dem Titel *Steins Paranoia*?

Ich habe mehrere Bücher geschrieben, sagte ich. Und war schon im Begriff, aufzustehen. An dieses Buch wurde ich ungern erinnert.

Warten Sie, sagte er, hören Sie zu, dieses Buch … Das ist ein Buch, das mich ganz besonders … Persönlich … Wie soll ich sagen? … Spezifisch? … Genau: spezifisch … Berührt hat … Höchst ambivalent berührt allerdings, muss ich sagen.

Abrupt erhob sich auch er und schnitt mir dadurch den schmalen Weg ab.

Mein Name, sagte er, ist nämlich Stein.

Er war zwar ein schmaler Mann, aber ich konnte trotzdem nicht an ihm vorbei.

Max Stein, sagte er. Sein Gesicht kam dem meinen dabei zu nah.

Max Stein. Das war der Name des Protagonisten jenes Buchs. *Steins Paranoia.* Erschienen vor dreißig Jahren – oder waren es schon mehr?

Dieses Buch, das Sie da über mich geschrieben haben …, sagte der Mann. Sie können sich wahrscheinlich denken, dass ich damit nicht voll und ganz einverstanden war.

Ich machte eine Ausweichbewegung, die er spiegelverkehrt erwiderte. Dabei wären wir beinahe beide gestrauchelt. Ein paar Enten flatterten aus dem Schilf auf. Sie werden mir doch nicht einfach davonrennen, sagte er, setzen wir uns wieder.

Also gut, seufzte ich. Was wollen Sie von mir?

Dass Sie mir zuhören, sagte er. Das ist doch nicht zu viel verlangt – oder? Ich habe ja schon damals, im Jahr 1988, Kontakt zu Ihnen aufnehmen wollen. Aber nach meiner Entlassung aus der Klinik war ich noch längere Zeit in einem Zustand, in dem es mir schwergefallen ist, Dinge, die ich mir vorgenommen hatte, auch wirklich zu tun.

Mit den Pillen, die ich weiterhin nehmen sollte, bin ich immer erst gegen Mittag halbwegs hell gewesen. Und bevor ich auch nur das Telefonbuch aufgeschlagen oder die Auskunft angerufen hatte, war es schon wieder dunkel. Dort auf der Psychiatrie haben die Ärzte bei mir übrigens eine bipolare Störung konstatiert, keine Paranoia. Bereits der Titel Ihres Buchs ist also eine Ungenauigkeit – Sie hätten sorgfältiger recherchieren sollen.

Hören Sie …, sagte ich – aber er schnitt mir das Wort ab, wie er mir zuvor den Weg abgeschnitten hatte.

Natürlich ist nicht alles falsch, was Sie über mich geschrieben haben, sagte er. Nein, keineswegs. Für manche Passagen gilt geradezu das Gegenteil. Sie haben ja, wenn ich das sagen darf, eine erstaunliche Einfühlungsgabe.

Er griff in die Brusttasche seiner Jacke und nahm ein Zigarettenetui heraus. Rauchen Sie?, fragte er. Nein, sagte ich, das soll ich nicht mehr.

Eine erstaunliche Einfühlungsgabe, wiederholte er und zündete sich eine Zigarette an. Ist es die Möglichkeit?, habe ich gedacht. In manchen Passagen Ihres Buchs hab ich mich erblickt wie in einem Spiegel.

Bereits in den Abschnitten, in denen Sie die Geschichte meiner Krise in der dritten Person erzählen. Aber erst recht in denen, in denen Sie aus der Ich-Perspektive schreiben. Wie macht er das, dieser Autor, habe ich mich gefragt, gleich damals, als ich Ihr Buch zum ersten Mal gelesen habe. Aber darf er denn das überhaupt? Ist dieses Sich-Versetzen in das Innenleben eines Menschen, eines Menschen in der Krise wohlgemerkt, eines Menschen, der nicht gefragt wurde, ob ihm das recht ist, nicht eigentlich eine Distanzlosigkeit, eine Missachtung der Intimsphäre, etwas wie Hausfriedensbruch im Seelenbereich?

Hören Sie, sagte ich, das ist ein Missverständnis ... Ich habe damals nicht *Ihre* Geschichte geschrieben – ich kenne Ihre Geschichte gar nicht ...

Sie lügen, sagte er und blies mir Rauch ins Gesicht. Vielleicht tat er es auch nicht absichtlich, vielleicht lag es am Abendwind, der jetzt aufkam.

Denn eben versank die Sonne hinter den Bäumen am anderen Teichufer. Und wie jeden Abend erhoben sich die Krähen mit rauem Geschrei aus den Wipfeln. Gleich würden sie anfangen, ihre Runden über dem Park zu drehen. Jeden Abend drehten sie diese paar Runden, bevor sie abflogen.

Ich muss jetzt gehen, sagte ich.

Nein, bleiben Sie, sagte er. Überraschend sanft berührte seine Hand meinen Unterarm. Sie müssen nicht gleich beleidigt sein – wenn Sie nicht bewusst lügen, so lügen Sie halt unbewusst. Alle Dichter lügen, das ist eine alte Wahrheit, und wir wollen jetzt keinen Unterschied zwischen Dichtern und Schriftstellern machen.

Außerdem haben Sie doch auch Gedichte geschrieben, nicht wahr? Da war doch so ein Band mit einem roten Umschlag, stimmt's? *Poesie der Peripherie* oder so ähnlich. Ja, sehen Sie: Ich war schon früh ein Fan von Ihnen.

Und damals, als ich Ihr Buch über mich gelesen und wieder gelesen habe … Das ging ja recht schnell, es ist ja nicht allzu dick … Also da war ich *nicht nur* empört, nein, da war ich doch auch irgendwie stolz … Einmal so, einmal so – wie es sich für einen bipolar Gestörten, für einen Manisch-Depressiven, wie man früher, meines Erachtens treffender, gesagt hat, gehört.

Aber auf jeden Fall habe ich das Bedürfnis gehabt, mit Ihnen zu reden. Mit Ihnen zu reden und Sie auf Verschiedenes hinzuweisen, was in diesem Buch, bei all Ihrem Einfühlungsvermögen, doch etwas unscharf oder schlicht falsch war. Und Sie zu ersuchen, gewisse Fehler, die Sie ja kaum mit Absicht gemacht haben werden, zu korrigieren. Ein paar definitiv falsche Behauptungen richtigzustellen, einmal abgesehen vom fragwürdigen Titel.

Zum Beispiel die, dass mein Vater in Kanada in der Emigration war. Er hat damals, gerade noch vor den Nazis davongekommen, nicht in Kanada Zuflucht gefunden, sondern in Mexiko. Oder die, dass ich meine kleine Tochter an dem Tag, an dem Sie die Geschichte meiner sogenannten Paranoia beginnen lassen, von einem Tanzkurs abgeholt habe. Das war bitteschön kein Tanzkurs, sondern ein Kurs für Kindertheater.

Na eben, sagte ich. Damit klären Sie die Sachlage doch selbst. Es geht in meinem Buch gar nicht um Ihre Tochter oder Ihren Vater, und es geht – tut mir leid, wenn ich Sie mit dieser Feststellung enttäusche – vor allem nicht um Sie. Allfällige Ähnlichkeiten oder Namensgleichheiten sind reiner Zufall.

Jetzt sagen Sie bloß, sagte er, Sie haben auch Waldheim frei erfunden!

Mein Gott, Waldheim! Den hatte ich nicht zu erfinden brauchen. Zwar war der in meinem Buch nur am Rand vorgekommen oder, genauer, im Hintergrund: der Schattenwerfer in der Hofburg. Aber daran, dass es ihn wirklich gegeben hatte, war nicht zu zweifeln. Max Stein hingegen, den ich ins Zentrum des Buchs gestellt hatte – der war eine Kopfgeburt, der war doch, bitteschön, *meine* Kopfgeburt, auch wenn dieser merkwürdige Mensch, von dem ich mich gar nicht so lang hätte aufhalten lassen sollen, sich offenbar einbildete, etwas mit ihm zu tun zu haben.

So viel war mir schon klar, sagte er, dass sich an der ersten Auflage, die ja bereits im Buchhandel war, nichts mehr ändern ließ. Und einen Anwalt damit zu beauftragen, eine einstweilige Verfügung zu erwirken, dazu habe ich mich weder psychisch noch finanziell in der Lage gefühlt. Außerdem ging es mir ja nicht darum, Ihr Buch, *unser* Buch, aus dem Verkehr zu ziehen – ich fand es doch richtig und wichtig, dass es dieses Buch gab. Es wäre nur um ein paar Korrekturen gegangen, für den Fall weiterer Auflagen.

Jetzt flog auch der Reiher auf, der über uns in der Trauerweide gesessen war. Solang er sich nicht rührte, was er perfekt beherrschte, sah er aus wie ein abgestorbener Zweig, doch mit entfalteten Flügeln erwies er sich als großer Vogel.

Es hat keine weiteren Auflagen gegeben, sagte ich.

Auch das war ein Grund, warum ich ungern an dieses Buch erinnert wurde.

Doch der Mann neben mir tat gerade das. Mich ungebeten an dieses Buch zu erinnern. Dieses Buch, sagte er, ist vielleicht nicht Ihr bestes, aber möglicherweise Ihr wichtigstes. Und da ich nun einmal darin vorkomme, und zwar nicht nur irgendwie am Rande, sondern als Hauptfigur, habe ich mich berechtigt, nein, geradezu verpflichtet gefühlt …

Sie sind doch ein Autor, habe ich gedacht, der mit sich reden lässt. Ich war einmal bei einer Lesung von Ihnen, damals – erinnern Sie sich noch an das Studentencafé in der Berggasse? Dort haben Sie gelesen. Und danach wurde diskutiert. Es hat mir gefallen, wie Sie aufmerksam und geduldig auf die Fragen aus dem Publikum eingegangen sind, durchaus auch bereit, andere Meinungen als Ihre eigene gelten zu lassen.

Wir hätten uns doch auf gewisse Korrekturen für die zweite und alle weiteren Auflagen einigen können. Oder zumindest auf ein Vor- oder Nachwort, in dem Sie ein paar Richtigstellungen untergebracht hätten. Ja, das habe ich gedacht und gehofft. Aber als ich mich endlich, ein paar Monate, nachdem das Buch erschienen war, dazu aufgerafft habe, bei Ihrem Verlag anzurufen, hat es geheißen, unser Autor ist in Amerika.

Ich muss jetzt wirklich gehen, sagte ich und ging schon.

So, sagte er, neben mir hergehend, haben Sie etwas Wichtigeres zu tun?

Ja, sagte ich. Aber das geht Sie nichts an.

Sie sollten nicht so abweisend sein, sagte er. Ich bin einer Ihrer treuesten Leser.

Ich fragte mich, wie ich den Kerl loswerden konnte.

Ich habe alles von Ihnen gelesen, sagte er. Von Ihrem ersten Buch, diesem Buch über Ihren Vater, angefangen.

Das war nicht mein erstes Buch, sagte ich. Und es war nicht nur ein Buch über meinen Vater.

Na ja, sagte er, jetzt seien Sie nicht so heikel. Das war doch das Buch, mit dem Sie bekannt geworden sind – oder? Und dann war noch das Buch über diesen Vorstadtpropheten … Wie hat denn das bloß geheißen? *Der Moses von Simmering?*

Nicht ganz, sagte ich. Aber hören Sie zu: Wir können vielleicht ein anderes Mal weiterreden. Jetzt aber bin ich leider wirklich sehr in Eile.

Und blieb an der nächsten Ecke stehen und zückte mein Handy. Ich muss mir ein Taxi rufen, sagte ich.

Bis nach Hause hätte ich keine zehn Minuten zu gehen gehabt. Aber ich wollte auf keinen Fall, dass dieser lästige Mensch mitbekam, wo ich wohnte. Ich wählte also die Taxinummer. Ich sagte, an welcher Ecke ich stand. Ihr Taxi, hieß es, kommt in drei Minuten.

Und *wann* können wir weiterreden, fragte der Mann, *morgen*? Treffen wir uns einfach wieder bei dieser Bank am Teich?

Ich weiß nicht, sagte ich.

Ich bringe unser Buch mit, sagte er. Es wäre mir daran gelegen, dass Sie es signieren.

Wohin?, fragte der Taxifahrer.

Das werde ich Ihnen gleich sagen, antwortete ich, fahren Sie nur einmal los.

Ich sah mich nach dem Mann um, der sich Stein nannte, er stand an der Ecke, an der ich ihn stehengelassen hatte, und schaute uns nach. Er kam mir jetzt nicht nur schmal vor, sondern auch klein. Die Hose, die er trug, eine hellbraune Cordhose, war zu lang für ihn, sie erinnerte ein wenig an die Hose eines Clowns, er hätte sie kürzen lassen sollen.

Also wohin jetzt?, wollte der Fahrer wissen. Bis zu dem Haus, in dem Paula und ich damals noch wohnten, hätten wir keine zwei Minuten gebraucht. Tatsächlich nur bis dorthin zu fahren, schien mir peinlich. Fahren Sie in den achten Bezirk, sagte ich. Lange Gasse 21.

Unwillkürlich nannte ich diese Adresse. Eine Adresse, an der ich früher gewohnt hatte. Doch während wir die Währinger Straße stadteinwärts fuhren, fragte ich mich, was ich dort wollte. Oder dort sollte. Das ergab doch keinen Sinn!

Überdies gelang es dem Fahrer nicht, an der Straßenbahn vorbeizukommen, die vor uns herfuhr. An jeder Haltestelle musste auch er halten. Das war ärgerlich, aber es kam mir gelegen. Hören Sie, sagte ich, ich gebe Ihnen ein anständiges Trinkgeld, und Sie lassen mich aussteigen.

Er murmelte etwas in einer Sprache, die ich nicht verstand. Doch es klang böse. Vielleicht war es ein Fluch. Ich stieg trotzdem aus. Das war Ecke Spitalgasse. Haarscharf flitzte ein Radfahrer an mir vorbei.

Obwohl mein Heimweg nun um einiges weiter war, als er vom Park aus gewesen wäre, ging ich zu Fuß. Ich hatte keine Lust, mich nun auch noch in eine Straßenbahn zu zwängen. Außerdem würden mir ein paar Schritte guttun. Ein paar Schritte, die helfen würden, meinen inneren Rhythmus wiederzufinden.

Denn dieser Rhythmus kam mir ein wenig gestört vor. Durch die Begegnung zuvor irritiert. Diese doch etwas dubiose Begegnung (war es nicht eigentlich eine Belästigung?). Ich musste nur einmal aus der Zone des größten Verkehrslärms heraus, um die Gedanken, die mir durch den Kopf gingen, halbwegs fassen und festhalten zu können.

Gedanken, die *Steins Paranoia* betrafen – vorerst weniger den mutmaßlichen Beziehungswahn des Mannes, auf dessen

Bekanntschaft ich gut hätte verzichten können, als vielmehr mein Buch, das so hieß. Wann war das erschienen? 1988, hatte der Mann behauptet. Nicht schon 87? Waldheim war seit 86 im Amt. Doch unsereins schreibt nicht so schnell wie die Journalisten.

Und das war ja nicht einfach ein Buch zum Fall Waldheim. Waldheim, der Präsident, der gewählt worden war, weil *wir Österreicher*, wie es auf einem den patriotischen Mutwillen stärkenden Plakat geheißen hatte, wählten, *wen wir wollten*, saß allerdings die ganze Zeit, während der ich an diesem Buch schrieb, in der Hofburg. Wenn ich eine Schreibpause einlegte und eine Runde spazieren ging, sah ich so gut wie immer die Fahne auf dem Dach des Leopoldinischen Trakts wehen. Und das bedeutete – zumindest hatte man uns das in der Volksschule, anlässlich eines Lehrausgangs, erzählt –, dass der Präsident in seinen Amtsräumen präsent war.

Trotzdem: Das war kein Buch zum Fall Waldheim, sondern eines über den Fall Stein. So viel traf schon zu, dass dieser Fall in einem gewissen Zusammenhang mit dem Fall Waldheim stand. Man hätte den Fall Stein vielleicht als einen Kollateralschaden des Falls Waldheim bezeichnen können. Aber während dieser Fall traurige Realität war, war jener doch nur literarische Fiktion.

Stein: eine Figur, die sich von Satz zu Satz entwickelt hatte. Genauer: die *ich* entwickelte hatte, in den Sätzen, die ich damals tippte. Erst eine bloße Typoskript-Existenz, dann eine Druckfahnen-Existenz und – okay – dann eben eine Existenz auf knapp hundert Buchseiten. Aber in der außerliterarischen Wirklichkeit hatte es diesen Stein nie gegeben.

Da konnte doch jetzt, beinahe dreißig Jahre später, nicht

einfach einer daherkommen … Nachdem das Buch, das ich damals geschrieben hatte, fast in Vergessenheit geraten war … Nur weil er zufällig Stein hieß (falls er wirklich so hieß) … Und wenn schon … Bestimmt gab es viele, die so hießen.

Und jetzt fiel mir ein, dass dieser Name gar nicht von Anfang an fix gewesen war. Hatte ich auf der ersten Seite des Buchs nicht ein paar Absätze geschrieben, in denen ich mich erst auf die Geschichte einzupendeln versuchte? Da hatte ich nicht nur die Suche nach dem richtigen Anfang thematisiert, die Schwellenangst beim Einstieg in eine Geschichte (erst recht, wenn diese Geschichte dazu beitragen sollte, gewissen Anfängen zu wehren), sondern auch – ja, eben! – die Suche nach dem richtigen Namen für die Hauptfigur.

Es wären auch andere Namen in Frage gekommen. *Glück* zum Beispiel. Eine oder zwei Zeilen lang hatte ich erwogen, den Mann, über den ich zu schreiben vorhatte, *Glück* zu nennen. Was, wenn ich ihm diesen Namen gelassen hätte? Dann wäre mir die Bekanntschaft mit dem Typ, der mich zuvor auf der Bank im Türkenschanzpark genervt hatte, erspart geblieben.

Dann hätte er sich durch den Titel meines Buchs gar nicht angesprochen oder provoziert gefühlt. Zumindest hätte er sich nicht eingebildet, dass dieses Buch etwas mit ihm zu tun hatte. Und – ja – das wäre also ein Glück gewesen. *Sein* Glück, dachte ich. Oder vielleicht auch *mein* Glück.

Ich ging durch die Schulgasse stadtauswärts und versuchte mich an die Szene zu erinnern, mit der alles begonnen hatte. *Steins Paranoia* – sowohl mein Buch, das so hieß, als auch der Beziehungswahn des Protagonisten. Wie Stein (*mein* Stein) mit seiner Tochter (Marion hatte ich die genannt) eine Trafik an der U-Bahn-Haltestelle Wien-Schottenring betritt. Marion, damals neun oder zehn Jahre alt, die er von einem Tanzkurs abgeholt hat. Von einem Tanzkurs, genau, *Jazz-Basic*, fiel mir jetzt ein. Auch wenn Stein (der im Park) behauptete, es wäre ein Theaterkurs gewesen. *Mein* Stein also, Vater einer geliebten und daher verwöhnten Tochter. Jedes Mal, bevor er mit ihr die Rolltreppe zur U-Bahn hinunterfährt, kauft er ihr dort, in dieser Trafik, ein Mickymausheft. Das hat sich so eingespielt zwischen ihr und ihm. Es ist – pädagogisch gewiss fragwürdig – schon zur Selbstverständlichkeit geworden. Aber da wieselt sie ihm auch schon voraus, huscht durch zwischen den großen, plumpen Erwachsenenkörpern, die den kleinen Laden fast überfüllen. Und steht schon vor dem Regal mit den Comicstripheften, während ihr Vater etwas mehr Mühe hat, durch das Gedränge zu kommen – nach vorne, an die Kassa, muss er, damit er das Heft, das die Tochter sich aussucht, bezahlen kann.

Das wäre eigentlich eine harmlose Szene. Eine Szene, die nicht so traumatisch in seinem Gedächtnis haften bliebe, würde in ihr nicht ein Satz gesagt … Von einem möglicherweise betrunkenen Mann … Ein Satz, *der*, nein: einer von jenen Sätzen, *die* … Wie hatte ich das damals, vor dreißig Jahren, formuliert?

2

Paula hatte sich schon Sorgen gemacht. Wo warst du denn?, fragte sie. Drei Mal habe sie mich schon angerufen. Beim ersten und zweiten Mal habe sie mir nette, beim dritten Mal schon etwas verärgerte Worte auf die Box gesprochen. Auch dem Kater sei ich schon abgegangen – wiederholt sei er in den Hof hinausgelaufen, habe sich an der Tür zum Flur hingesetzt und mit gespitzten Ohren gelauscht, ob er nicht endlich meine Schritte höre.

Was war denn los? Warum hast du nicht reagiert?

Der Straßenverkehr, sagte ich. Der Straßenverkehr war ohrenbetäubend.

Im Türkenschanzpark? Oder auf dem Rückweg durchs Cottageviertel?

Es ist alles ein bisschen kompliziert, sagte ich. Aber ich werde es gleich erklären.

Das wird auch gut sein, sagte Paula und nahm zwei Gläser aus der Vitrine.

Ja!, sagte ich und ließ mich in unsere Sitzecke sinken.

Darauf hatte der Kater gewartet. Er sprang auf meinen Schoß und schnurrte.

Paula schenkte uns Grappa ein. Das klang und roch gut. Und jetzt erzähl gefälligst!

Und ich erzählte: Wie der Typ auf einmal neben mir gesessen war … Und wie er mich beim Schreiben beobachtet hatte … Und wie er mich angesprochen und sich als Max Stein vorgestellt hatte … Und wie er behauptet hatte, *mein* Stein zu sein … Nämlich der Protagonist von *Steins Paranoia* … Des Buchs, das ich seiner Ansicht nach *über ihn* geschrieben habe … Wie er mir Vorhaltungen gemacht hatte, die Abweichungen der von mir erzählten Geschichte von seiner Geschichte betreffend … Und wie er mich dann gehindert hatte, einfach zu gehen.

Aber wie hat er dich denn hindern können?

Da war einfach keine Ausweichmöglichkeit, sagte ich. Ein Schritt beiseite, und ich wäre ins Wasser gefallen.

Das ist doch nicht dein Ernst, sagte Paula.

Doch, sagte ich. Das ist mein Ernst. Und musste lachen.

Trotzdem schlief ich nicht gut in dieser Nacht. Wiederholt wachte ich auf, aus Träumen, in denen ich das Gefühl hatte, dass jemand hinter mir herging. Immer aufs Neue hatte ich dieses Gefühl. Doch immer, wenn ich mich umschaute, war da niemand.

Auf dem Plafond über mir bewegte sich der Schatten des Strauchs, der vor unserem Schlafzimmerfenster wuchs. Draußen im Hof hatte die Vermieterin Sensoren montieren lassen, die auch auf geringste Bewegungen reagierten. Schon ein Windhauch genügte, um das Zweiminutenlicht einzuschalten. Das war dann die Quelle nächtlicher Schattenspiele.

Oben auf dem Dachboden war der Kater aktiv. Das Trappeln seiner Pfoten. Dann Stille. Dann ab und zu ein Sprung. Ein instinktsicherer Kater. Noch recht fit für sein Alter. Die Mäuse da oben sollten nicht übermütig werden.

Dann schlief ich wahrscheinlich doch noch ein wenig ein. Aber dann sang draußen im Strauch schon eine Amsel. Und wieder versuchte ich mich an die Szene zu erinnern, mit der alles begonnen hatte. In *Steins Paranoia*, dem Buch. Und in meinem Kopf.

Also: Stein hat mit seiner Tochter die überfüllte Trafik bei der U-Bahn-Haltestelle Schottenring betreten. Und Marion hat sich zu dem Regal mit den Comicstripheften durchgeschlängelt. Und ihr Vater ist nun schon fast bis zur Kassa vorgedrungen, wo er das Heft, das sie sich ausgesucht hat, bezahlen wird. Aber da ist dieser alte, möglicherweise betrunkene Mann, der diesen unseligen Satz sagt.

Einen von diesen Sätzen, die man zu jener Zeit … Oder hatte ich geschrieben: einen von *jenen* Sätzen, die man zu *dieser* Zeit …? Einen von den Sätzen, die man zu dieser oder zu jener Zeit oder wenigstens bald darauf … wieder öfter hören sollte … aber nicht hören wollte … Oder wie?

Wirklich absurd, dass mir das keine Ruhe ließ. Aber ich konnte ja, dachte ich, einfach nachschlagen. Stand also auf, möglichst leise, um Paula nicht zu wecken, stellte die Leiter vor die Bücherwand. Wenn ich bis auf die vorletzte Sprosse stieg, würde ich das Fach ganz links oben erreichen.

Dort standen die Belegexemplare all der Bücher, die im Lauf meines bisherigen Autorenlebens gedruckt worden waren. Oder wenigstens sollten sie dort stehen. In der Reihenfolge ihrer Erscheinungsjahre.

Ich musste zur Kenntnis nehmen, dass das nicht mehr ganz zutraf.

Manche waren herausgenommen und dann nicht wieder an ihren früheren Platz zurückgestellt worden. Jüngere waren dazugekommen und hatten ältere verdrängt. Bücher, auf die ich ehemals stolz gewesen war, waren im Lauf der Zeit in die zweite Reihe geraten. Und im obskuren Hintergrund des Faches herrschte überhaupt das Chaos.

Steins Paranoia musste ein Buch mit schmalem Rücken sein. Soviel ich mich erinnerte, hatte es einen weißen Schutzumschlag. Doch diesen Schutzumschlag konnte ich auch entfernt haben. Welche Farbe hatte der Rücken ohne Hülle? Keine Ahnung!

Ich suchte und suchte, aber ich fand dieses Buch nicht. Jedenfalls nicht bei den Belegexemplaren. Zwar bestand noch die Möglichkeit, dass es einfach unter die anderen Bücher geraten war, mitten hinein in die Weltliteratur. Doch als ich dort zu suchen begann, signalisierte ein spezifisch kehliges Miauen des Katers, dass er wieder einmal mit Beute daherkam – hoffentlich war es nicht die Amsel.

Also schreiben Sie, Spielmann, schreiben Sie! *An einem Montag Mitte der achtziger Jahre …* Hier müssen wir wohl schon hinzufügen: … *des vorigen Jahrhunderts* … Außerdem war es meiner Erinnerung nach ein Dienstag.

Schreiben Sie so: *An einem Dienstag Mitte der achtziger Jahre des vorigen Jahrhunderts … kurz nach sechs Uhr Abend* … Die Uhrzeit stimmt immerhin … *sagte ein möglicherweise betrunkener, älterer Mann* … Nein, ich glaube inzwischen nicht mehr, dass der Mann betrunken war.

Also streichen Sie das. Wir wollen diese Ausrede nicht gelten lassen. Der hat ganz nüchtern gehässig gesagt, was er gesagt hat. Schreiben Sie einfach: … *sagte ein älterer Mann einen von den Sätzen, die man zu jener Zeit … wieder öfter hörte … ohne sie wirklich zu hören.*

Haben Sie das? Steins Stimme hinter mir. Stein, wie er hinter mir hin und her, hin und her geht. Vor mir der Schreibtisch. Darauf die Schreibmaschine. Links von mir der Blumentisch. Und auf dem Blumentisch der Kater.

Sitzen Sie bequem? Haben Sie genug Bewegungsfreiheit für die Arme?

Vor mir das Fenster, aus dem ich gern

schauen würde. Schlicht und einfach, um mich zu überzeugen … Aber die Läden, hat Stein gesagt, bleiben geschlossen.

3

Ich hätte ja in einen anderen Park gehen können. Aber warum sollte ich mir von diesem fragwürdigen Menschen die Freude am Türkenschanzpark verderben lassen? Dieser Park ist einer der schönsten von Wien. Und von der Ecke aus, an der wir damals wohnten, brauchte ich dorthin zu Fuß kaum mehr als eine Viertelstunde.

Am Nachmittag war ich jedenfalls wieder da. Ich betrat den Park allerdings durch einen anderen Eingang als am Vortag. Wahrscheinlich war es auch besser, wenn ich mich nicht wieder auf die Bank am Teich setzte. Ich würde eine andere Bank finden, auf der ich genauso gut oder sogar besser schreiben konnte.

Ich stieg den Hügel zur Aussichtswarte hinauf. Der Warte, die nun, zwischen vier und fünf, in einem besonders schönen Licht stand. Fast rosafarben vor dem pastellblauen Himmel. Als ob ihre Ziegelhülle noch etwas von der Wärme des Tages gespeichert hätte.

Und da fiel mir auch schon eine Bank ein, die vielleicht für mich in Frage kam. Eine Bank, die von ihrem biederen Platz am Wegrand an einen etwas weniger biederen Ort getragen worden war. Ja, ich erinnerte mich jetzt an das schräge, von niedrigen Föhren und Büschen mit roten Beeren gesäumte Stück Wiese, auf dem ich diese Bank vor zwei oder drei Tagen im Vorbeigehen gesehen hatte. Um sie dorthin zu bringen, mussten mindestens zwei kräftige, jüngere Menschen zugepackt haben, aber die stellte ich mir nicht als Vandalen vor, wie jene, die – stimmt, bei aller spätsommerlichen Idylle gab es auch das – Bänke einfach umkippten, auf den Kopf stellten, und sogar imstande waren, sie in einem etwas abseits gelegenen Teich zu versenken, sondern vielleicht sogar als verkappte Romantiker.

Diese Bank jedenfalls visierte ich an – das heißt, ich hoffte, dass sie noch immer dort stand. Dass sie die Stadtgärtner nicht in einer übertriebenen Anwandlung von Ordnungssinn schon wieder zurück an ihren angestammten Platz gebracht hatten. Aber ich hatte Glück, die Bank war noch da, und ich hatte sogar doppeltes Glück, denn sie war nicht besetzt. Richtig gefragt war sie wohl erst zu späteren Stunden.

Und – ja, es war hübsch hier – so, wie die Sträucher und die kleinen Föhren wuchsen, saß man vom Weg draußen abgeschirmt wie durch eine spanische Wand. Auf dem Wiesenstück vor der Bank Zyklamen, da und dort eine Herbstzeitlose. Okay, unter der Bank dürften ein paar gebrauchte Präservative gelegen sein, aber so genau musste ich nicht dorthin schauen. Wofür immer die Bank sonst benutzt wurde, mir kam es darauf an, dass sie sich als Basis zum Schreiben eignete.

Ich setzte mich also und packte das Heft und die Bleistifte aus dem Rucksack. Und überflog, was ich am Vortag, vor der unliebsamen Unterbrechung, geschrieben hatte. Wie ich auf dem Rad, meinem geliebten Rad mit dem schmalen Sattel, dem leichten grünen Rahmen und dem zünftigen Rennlenker gesessen oder, genauer: wie ich in den Pedalen *gestanden* war. Ganz konzentrierte Willens- und Wadenkraft, auf den letzten Metern vor der Passhöhe.

Das war keine großartige Passhöhe, nicht zu vergleichen

mit denen, die bei der Österreich-Rundfahrt zu überwinden sein würden. Und dann vielleicht einmal beim Giro d'Italia und – wer weiß – schließlich bei der Tour de France. Was ich gerade hinter mich gebracht hatte, war bloß der Anstieg der Wiener Höhenstraße zum Kahlenberg. Aber auch der ist nicht zu unterschätzen – die Steigung beträgt an manchen Stellen mehr als zwanzig Prozent.

Die hatte ich also geschafft, und das war ein gutes Gefühl. Und nun sauste ich bergab Richtung Klosterneuburg, sah schon die grüne Kuppel und die Türme des Stifts und das graue Band der Donau. Und das war *jetzt*, das sollte doch *jetzt* sein, ganz und gar *jetzt*. Meine schöne Gegenwart von damals, Ferienanfang 1959 oder 1960.

Doch als mir auf einmal bewusst wurde, dass ich das schon im Imperfekt dachte, so als wäre es bereits geschehen, während es noch geschah ... Und als ich, immer noch im Radsattel sitzend, Sätze zu formulieren versuchte, in denen sich das alles – oder wenigstens etwas davon – fassen und festhalten ließ ... Der Anstieg, die Abfahrt, die Sonne, der Schweiß auf der Haut, die Tränen in den Augen ... Der Asphalt, das Katzenkopfpflaster und dann, schon fast unten, der Hund, der mir über die Straße lief ...

Da sah ich ein, dass ich vielleicht doch eher Anlagen zum Schriftsteller hatte als zum Radrennfahrer. Und am nächsten Tag (vielleicht war es auch der übernächste) verkaufte ich mein Rad. Und für das Geld, das ich dafür bekam, kaufte ich meine erste Schreibmaschine. Und jetzt ergab ein Satz den anderen, und das hätte, wäre es nach mir gegangen, noch ein paar Seiten so weitergehen können, doch da saß schon wieder jemand neben mir.

Und tatsächlich, er war es. Der Mann, der sich Stein nannte.

Ach so, hier sind Sie, sagte er, ich habe drüben am Teich auf Sie gewartet. Sehr schön hat die Sonne dort auf dem Wasser geglitzert. Aber Sie haben recht. Auf dieser Bank ist es auch schön.

Sein Hals wurde lang. Aha, sagte er, Sie schreiben schon wieder.

Ich sah keinen Grund, das zu bestätigen, es war ja offensichtlich. Ich versuchte sogar, einfach weiterzuschreiben. Vielleicht half es, ihn einfach zu ignorieren.

Nein, es half nicht. Zwar vergingen ein paar Minuten, in denen ich es schaffte, ihn nicht anzusehen. Doch mit dem unbefangenen Schreiben war es vorbei. Denn schon wieder spürte ich seinen Blick. Diesen unverschämten Blick, der jeder Bewegung meines Bleistifts folgte.

Und dann räusperte er sich. Und als ich nicht darauf reagierte, räusperte er sich noch einmal. Sie schreiben und schreiben, sagte er. Ich bewundere Ihre Disziplin. Aber darf man auch fragen, *was* Sie gerade schreiben?

Da schloss ich mein Heft: Nein, sagte ich. Darf man nicht!

Warum sind Sie mir gegenüber so verschlossen?, fragte er. Das sollten Sie nicht sein, das finde ich nicht gerecht. Ich interessiere mich nämlich wirklich für Ihr Werk. Wahrscheinlich grundsätzlicher und intensiver als viele andere …

Und daran sind Sie doch, bitteschön, selbst schuld. Mein spezielles und nachhaltiges Interesse an Ihrer Arbeit haben Sie sich doch selbst zugezogen.

Aber das war gewiss nicht das, was ich wollte. Mit diesen Worten schob ich das Heft und den Bleistift zurück in meinen Stadtrucksack.

Halt, warten Sie!, sagte er. Offenbar müssen wir Folgendes zwischen uns klarstellen: Wenn ich schon akzeptiert habe, dass Sie meine Geschichte, das heißt, die Geschichte meiner Krise einfach benutzt und mich damit in eines Ihrer Bücher integriert haben … Noch dazu mit meinem vollen Namen: Max Stein … Also aus dieser Position heraus halte ich es für legitim …

Mein lieber Herr Stein, sagte ich, Sie schätzen Ihre Position falsch ein. Ich kenne Sie nicht, ich kannte Sie jedenfalls damals nicht, als ich dieses Buch geschrieben habe. Tut mir leid, wenn ich Sie enttäuschen muss. Aber von Ihrer Existenz und Ihrer wie immer gearteten Geschichte hatte ich keine Ahnung.

Meine wie immer geartete Geschichte!, sagte er. Wie hochgestochen Sie daherreden!

Hören Sie, sagte ich, wenn es tatsächlich Parallelen zwischen Ihrer Geschichte und der von mir geschriebenen Geschichte geben sollte …

Er lachte laut auf. Ein Eichhörnchen, das im Gras vor uns etwas gesucht oder versteckt hatte, flüchtete auf einen Baum.

Sie sind ein schlechter Lügner, sagte er. Aber ich mag Sie trotzdem.

Und wieder bot er mir eine Zigarette an.

Ach so, sagte er. Sie rauchen nicht. Schade. Gemeinsam rauchen, das hätte etwas Verbindendes. Also es ist so, sagte er. Ob es Ihnen nun passt oder nicht. Ich war und bin ein besonderer Fan von Ihnen …

Und wieder blies er mir seinen Rauch ins Gesicht. Diesmal war es noch windstill, also war ich mir sicher, dass er es mit Absicht tat.

Sehen Sie, sagte er, gestern, als wir uns durch Zufall oder

Glück endlich einmal persönlich begegnet sind … Also da ist mein Interesse an Ihrem Werk, das in den letzten Jahren vielleicht etwas eingeschlafen war, wieder erwacht.

Ich hustete demonstrativ, was er ignorierte.

Mein Interesse an Ihrem Werk und Ihnen … Paul Spielmann, habe ich gedacht, als ich nach Hause gegangen bin, das war *Paul Spielmann*! … *Mein* Autor, habe ich gedacht, den gibt es also noch immer …

Und dann hab ich ins Internet geschaut, was ich dort über Sie finde …

Und sieh an! Da war einiges zu erfahren, was ich bisher nicht gewusst habe … Wie produktiv Sie waren, gerade auch noch in den letzten Jahren, hast du Worte! … Manche aus Ihrer, aus *unserer* Generation haben ja anscheinend *keine* Worte mehr, Sie offenbar schon.

Gratulation, dass Ihnen immer noch etwas einfällt … Fragt sich halt, *was* Ihnen einfällt … Ich meine – verstehen Sie mich nicht falsch … Aber da war eine Information, die mich, ehrlich gesagt, ein bisschen befremdet … Kann das wirklich wahr sein, dass Sie – noch immer oder schon wieder – *an Ihrer Autobiografie* schreiben?

Der Ton, in dem er das sagte, gefiel mir nicht. In diesem Ton lag etwas im Hinterhalt. Ich wusste noch nicht ganz, was, aber ich musste doch nicht darauf warten, bis es hervorkam. Außerdem war mir der Mensch inzwischen wieder so nahe gerückt, dass ich kaum mehr Platz an meinem Ende der Bank hatte.

Ich stand also auf und schickte mich an zu gehen.

Na bravo!, sagte er und dämpfte die Zigarette akkurat dort aus, wo ich gesessen war. Jetzt entziehen Sie sich wieder.

Was heißt, ich entziehe mich?, sagte ich. Ich bin Ihnen keine Rechenschaft schuldig! Was ich schreibe oder nicht schreibe, ist einzig und allein meine Sache.

So?, sagte er. Glauben Sie? In Zeiten wie diesen … Da wäre ich mir nicht so sicher, ob das nur *Ihre* Sache ist … Wo leben Sie eigentlich? … Leben Sie auf einem anderen Stern? … Sehen Sie nicht, hören Sie nicht, was rund um uns vorgeht, wittern Sie nicht, spüren Sie nicht, was in der Luft liegt?

Ich war von der Bank aufgestanden. Er auch. Wie er mir jetzt gegenüberstand, kam er mir größer vor als am Vortag. Merken Sie nicht, worauf wir schon wieder – und jetzt erst recht! – zutreiben? Wie können Sie da unbeirrt an einer – *Autobiografie* – schreiben?

Er artikulierte das Wort beinah schon verächtlich.

Plantschen Sie noch immer in Ihrer Kindheit herum, oder schnorcheln Sie inzwischen schon in den Untiefen Ihrer Pubertät?

Musste ich mir das anhören? Nein, das musste ich nicht.

Ich ging, ja, ich glaube, ich tat sogar ein paar Laufschritte.

Hey, rief Stein hinter mir her, jetzt seien Sie doch nicht gleich eingeschnappt! Ein bisschen Kritik – konstruktive Kritik – sollten Sie schon vertragen! Ich meine es doch gut mit Ihnen und uns, ich will Sie doch nur an etwas erinnern! Bleiben Sie stehen, Sie wollten mir doch noch das Buch signieren!

Und da drehte ich mich um. Und das war aus zweierlei Gründen ein Fehler. Erstens trat ich dabei auf eine Wurzel und rutschte kurz ab. Zweitens aber sah ich Stein, der mir überraschenderweise nicht nachgelaufen war, noch immer neben der Bank stehen. Er hatte den rechten Arm über dem Kopf mit den vom Wind verblasenen Haaren erhoben und hielt ein

Buch in der Hand, ein Buch, das er schwenkte, als wollte er mich damit ködern.

Wo hatte er es bloß hervorgezogen – hatte es wirklich in einer seiner Jackentaschen Platz gefunden? Aber stimmt, es war ja kein dickes Buch. *Ein schmales Bändchen* – wie ich diese von vornherein abwertende Kritikerfloskel hasste! Der Autor Paul Spielmann, bekannt geworden durch den Roman *Negative meines Vaters*, hat nun ein schmales Bändchen mit dem Titel *Steins Paranoia* vorgelegt.

Ein schmales Bändchen. Ja, ich erkannte es wieder. Auch auf die zehn oder zwölf Schritte Entfernung, die nun zwischen uns lagen. Das Buch, das ich vergangene Nacht in meinem Bücherregal gesucht und nicht gefunden hatte. Ein Buch mit weißem Schutzumschlag, auch wenn er einigermaßen vergilbt war.

Das Motiv darauf: ein Fenster, durch das man in einen grauen Lichthof hinaussah. Ein Fenster, das einen Spaltbreit offen stand, ein Reflex im unteren Teil der Glasscheibe ... Aber nein, das kann ich nicht wirklich so detailliert gesehen haben. Es begann ja schon wieder zu dämmern, die Krähen erhoben sich aus den Baumwipfeln und flogen ihre Abschiedsrunden über dem Park.

Unser Buch, rief Stein. Ich will doch nur, dass Sie mir etwas Nettes hineinschreiben! Okay, wenn Ihnen nicht danach ist, genügt mir auch Ihr Name und das Datum.

Einen Moment lang war ich versucht, umzukehren und ihm wenigstens diesen Gefallen zu tun. Doch dann spürte ich wieder eine Welle von Ärger und – ja: Wut – über seine Anmaßungen in mir aufsteigen und wandte mich rasch von ihm ab.

4

Wütend ging ich die Türkenschanzstraße hinunter. Was hatte mir dieser Mensch denn vorzuwerfen? Aufgrund einer oberflächlichen Information aus dem Netz. Was las man denn dort über meine Autobiografie?

Dass ich angeblich schon seit mehreren Jahren daran schrieb? Während der große Roman, den ich unvorsichtigerweise angekündigt hatte, auf sich warten ließ? – Also, einmal ganz abgesehen davon, dass es sich nicht einfach um eine Autobiografie handelte, sondern, das hatte ich schon in mehreren Interviews gesagt, um Arbeit und Spiel mit autobiografischem Material … Wie es dazu gekommen war, und wie mir diese Arbeit, dieses Spiel, über eine schwere Zeit hinweggeholfen hatte, eine Zeit, in der ich sonst in ein tiefes schwarzes Loch gefallen wäre, davon hatten Wikipedia und Yahoo und wie diese dubiosen Internetlexika und Suchmaschinen sonst noch heißen mochten, keine Ahnung!

Stimmt ja, damals, als mich Herr K. auf diese Idee gebracht hatte – Herr K., Redakteur einer Tageszeitung, eine der wenigen, die sich an Samstagen noch eine anständige Literaturbeilage leisteten –, da hatte ich das vorerst für einen Scherz gehalten. Warum schreiben Sie nicht Ihre Autobiografie?, hatte er gefragt und dabei gelächelt. Das war anlässlich der Buchpräsentation eines Kollegen in einer Buchhandlung. Die Lesung war vorbei, der Kollege signierte, wir standen noch eine Weile zwischen den Regalen herum, aßen kleine, dünn bestrichene Brötchen und nippten am Apfelsaft.

Wir redeten kurz und höflich über das Buch des Kollegen, ohne uns allzu sehr zu exponieren, denn offenbar hatten wir beide nicht recht kapiert, worum es in diesem Buch ging. Aber dann fragte K.: Woran schreiben *Sie* jetzt eigentlich? Und ich erzählte von dem Roman, von ebenjenem großen Projekt, das, wenn es fertig war, viele hundert Seiten umfassen würde, ein richtiges Opus magnum. Aber so sehr ich mich auch bemühte, das auszumalen, es gelang mir offenbar nicht, die Aufmerksamkeit des Herrn K. damit zu fesseln.

Dessen Blick schweifte ein wenig von mir ab und verirrte sich in den Bücherregalen, von denen wir umstellt waren. Doch dann kehrte er zurück und ruhte eine Weile nachdenklich auf mir. Und dann eben diese Frage: Warum schreiben Sie nicht Ihre Autobiografie? Herr K. lächelte, aber er schien es ernst zu meinen.

Und ich erschrak. War ich wirklich schon in diesem Alter? Als ich aus der Buchhandlung hinaus auf die Straße trat, wollte ich das lieber rasch vergessen. Aber ein paar Tage später hatte ich einen Termin für eine Untersuchung, und ein paar Wochen später wurde ich operiert. Und als ich aus dem Krankenhaus zurückkam, erinnerte ich mich der Anregung des Herrn K. mit Dankbarkeit.

War diese Anregung, die ich ein paar Wochen vorher noch als Zumutung empfunden hatte, nicht eigentlich ein Geschenk? War das Schreiben einer Autobiografie nicht auch eine Chance? Die Möglichkeit, die Strecke Leben, die ich nun einmal hinter mich gebracht hatte, zu rekapitulieren? Nein, rekapitulieren war kein gutes Wort, das klang mir allzu sehr nach kapitulieren.

Doch ich würde nicht vorzeitig aufgeben, nein! Dranbleiben, auch wenn es manchmal mühsam voranging. Nach ein paar Etappen durch meine trotz der Bombenruinen im Hintergrund vorwiegend heitere Kindheit, die zu beschreiben mir viel Freude gemacht hatte, waren meine Beine schwer geworden. Nun aber war ich doch wieder in Schwung gekommen.

Ich durfte mich nur nicht aus dem Tritt bringen lassen. Erst recht nicht von einem Gespenst wie diesem Herrn Stein. Und ich beschleunigte meine Schritte, obwohl ich dabei ab und zu einen Stich im Bein spürte. An der Mauer zum Sternwartepark standen, mit weißer Farbe geschrieben, ein paar Zahlen – aber was gingen mich die an?

5

Ich küsste Paula und streichelte den Kater, doch dann saß ich schon vor dem Computer. Tippte zuerst die paar Zeilen ins Reine, die ich letzthin dort oben im Türkenschanzpark in mein Heft geschrieben hatte. Jeweils bevor dieser Störenfried aufgetaucht war. Von dem ich mich allerdings jetzt nicht mehr stören lassen und daher besser gar nicht mehr an ihn denken wollte.

Tippte ins Reine, wie ich die Passhöhe auf dem Kahlenberg überwunden hatte. Und wie ich dann Richtung Klosterneuburg abgefahren war. Und wie mir just auf dieser Abfahrt klargeworden war, dass ich vielleicht doch kein Radrennfahrer werden würde. Aber möglicherweise, wenn ich mein Trainingsprogramm entsprechend umstellte, ein Schriftsteller.

Und einen – oder nein: zwei Tage danach hatte ich mein Fahrrad verkauft. Das war ein Opfer, denn es war ein schönes Fahrrad, ich hatte es geliebt und war stolz darauf gewesen. Mir tat das Herz weh, als ich es hergab, in einer Werkstatt, in die ich bis dahin öfter gegangen war, wenn etwas repariert werden musste, das ich nicht selbst wieder hinbekam. Zum Beispiel ein nach einem bösen Sturz zu einem extremen Achter verzogenes Vorderrad.

Diese Werkstatt in der Zentagasse, einer grauen Gasse im fünften Bezirk. Ein Keller, in den man einige Stufen hinuntersteigen musste, den Gaul, wie wir Schüler unsere Fahrräder halb schnoddrig, halb zärtlich nannten, den Gaul also geschultert. Ein Gewölbe, von dem ich jetzt noch manchmal dunkel träumte. Und in diesen Träumen war der Verkauf des Fahrrads verbunden mit dem bei jenem Sturz, der den Achter verursacht hatte, böse aufgeschundenen Knie, das lang nicht heilte, sondern eiterte, weil ich es nicht rechtzeitig desinfiziert hatte.

Ich hätte das Rad wahrscheinlich anderswo günstiger verkaufen können, aber dieses Geschäft, diese Werkstatt war nicht weit von der Wohnung entfernt, in der ich damals noch bei meinen Eltern wohnte, und ich wollte die Loslösung möglichst rasch hinter mich bringen. Ob und wie sehr mich der Typ in diesem Gewölbe, ein Mann mit einem gelähmten und daher das linke Auge halb verdeckenden Lid, das seinem Gesicht einen stets pfiffigen Ausdruck verlieh, damals übers Ohr gehauen hatte, wusste ich jetzt, als ich – fünf Jahrzehnte später, oder waren es schon fast sechs? – vor dem Bildschirm saß und tippte, natürlich nicht mehr, ich konnte mich absolut nicht daran erinnern, wie viel oder wie wenig er mir dafür bezahlt hatte. Aber es war genug, dass ich mir davon die Schreibmaschine kaufen konnte, nicht neuwertig zwar, sondern übertragen, aber mit schön poliertem Gehäuse und gut gesäuberten Tasten und Lettern. Meine *Olympia Monica*, die ich dann noch etwas mehr liebte als vorher mein Rad, und der ich dann Jahrzehnte lang treu blieb.

Vom Erlös des Verkaufs mussten mir allerdings noch ein paar hundert Schilling übrig geblieben sein, denn in den nächsten Wochen und Monaten kaufte ich eine Reihe von Büchern, die ich mir vom Taschengeld nicht hätte leisten können. Zwei oder drei Taschenbuch-Bände mit Shortstorys von Hemingway hatte ich schon, nun kaufte ich alle, die ich noch bekommen konnte. Und dann seine Romane: *Fiesta*, *In einem anderen Land* und *Wem die Stunde schlägt*. Hemingway imponierte mir sehr. Nicht nur, wie er schrieb, sondern auch, wie er auf den Klappentextfotos aussah.

Diese sportive Männlichkeit, aber auch dieser ironische Blick. Der Blick eines Menschen, der viel erlebt hat, der die Welt kennt und daher Bescheid weiß. Dieser Blick und der imposante Bart. So einer wie Hemingway wollte ich später werden.

Aber nach den Büchern von Hemingway kamen die von Camus. *Der Fremde* und *Die Pest*, aber auch *Der Mythos von Sisyphos* und *Der Mensch in der Revolte*. Auch Gedichte interessierten mich, in dem Regal, das ich, meinem handwerklichen Ungeschick zum Trotz, in meinem Zimmer montierte, standen bald auch Bände von Ingeborg Bachmann und Paul Celan. Worauf ich aber besonders stolz war, und was ich nicht nur mit literarischem, sondern auch mit nach wie vor sportlichem Ehrgeiz las, das waren die Wälzer von Dostojewskij und Tolstoi – wieder fünfhundert, wieder siebenhundert, wieder tausend und mehr Seiten geschafft!

Meine Mutter atmete auf, als das Rad verkauft war – immer wenn ich damit losgefahren sei, immer, wenn sie mir, am Fenster stehend, noch nachgeschaut habe, gestand sie mir nun, habe sie sich Sorgen um mich gemacht. Jetzt sei sie zumindest diese Sorgen los. Allerdings frage sie sich manchmal, ob es gesund sei, wenn ich bis in die Geisterstunde hinein – so redete sie – noch lese. Ich solle das nicht abstreiten, sie merke das doch – wenn sie nachts aufwache und Durst habe und noch einmal in die Küche komme, um sich ein Glas Wasser zu holen, sehe sie unter dem Türspalt zu meinem Zimmer meist noch Licht.

So weit kam ich immerhin noch an diesem Abend. Dann war es aber schon zehn, und ich klappte den Laptop zu. Und wir gingen in die Küche, Paula und ich, und bereiteten ein spätes Abendessen. Eine Komposition aus Resten von gestern und vorgestern – so entstehen erfahrungsgemäß die besten Gerichte.

Und dann aßen wir, und es schmeckte uns. Aber dann sahen wir die zweiten Abendnachrichten im Fernsehen. Zerstörte Städte. Die eine von einem Erdbeben zerstört, die andere vom Krieg. Und die Bilder von Flüchtlingen in überfüllten Schlauchbooten, die schon längst zum Alltag gehörten.

Und da drehten wir den Fernseher ab und traten noch ein bisschen in den Hof hinaus, um Luft zu schnappen. Der Himmel über uns war nicht sehr sternenklar, aber der falsche Fliederbusch trug noch immer Blüten, die dufteten. Der Kater begleitete uns und schmeichelte um unsere Beine. Und dann gingen wir zu Bett und schliefen miteinander, und über all dem hätte ich den Spinner im Türkenschanzpark eigentlich vergessen können.

6

Ungefähr zwei Stunden später jedoch weckte mich ein fieses Ziehen im Bein. Dieses Ziehen im Bein und die dumme Ungeduld im Kreuz. Das kannte ich schon: mein *Restless-Leg-Syndrom*. Eigenartig, dass man mit den Jahren besitzanzeigende Fürwörter vor die Übel setzt, die immer wiederkehren oder nicht mehr vergehen.

Das Restless-Leg-Syndrom hatte mich längere Zeit geplagt. Als Kollateraleffekt einer Operation (*meiner* Operation). Endlich hatte es sich beruhigt, das heißt, die gereizten Nerven im ruhelosen Bein hatten sich beruhigt. Doch nun war es wieder da: Offenbar hatte das Einknicken meines Knöchels im Türkenschanzpark die empfindlichen Nerven aufs Neue irritiert.

Das hatte ich nun davon. Ich hätte mich nicht nach Stein umsehen sollen. Bald prickelte das Bein, als würde es galvanisiert. Und natürlich reagierte es darauf, indem es zuckte. Eine Weile wälzte ich mich von einer Seite auf die andere, aber keine Seite war die richtige.

Paula hielt die Augen geschlossen, aber ich spürte, dass inzwischen auch sie wach war. Ich übersiedle, flüsterte ich, schlaf ruhig weiter. Und warf mir die Decke über die Schultern und schlüpfte ins Wohnzimmer. Dort drehte ich etliche Runden um den Esstisch und zählte meine Schritte.

Das jedoch behagte dem Kater nicht. Er lief hinter mir her und versetzte meinen Fersen kleine Prankenhiebe. Lass das, Murlo, raunte ich, hör auf, Murlo! Er hieß Murlo nach dem

Ort, aus dem wir ihn mitgenommen hatten, einem Ort in der Toskana.

Das war jetzt zehn Jahre her – oder waren es schon mehr? In meiner Erinnerung war die Straße, auf der wir auf diesen Ort zugefahren waren, eher ein Feldweg. Und aus den gelben Feldern erhob sich ein Hügel. Und auf dem Hügel, grau ummauert, der Ort.

Dort waren wir dann auf den Kirchenstufen gesessen und hatten Weißbrot, Pecorino und Oliven gegessen. Und der Kater hatte sich zu uns gesellt. Ein kleiner, damals noch sehr dünner Kater. Aber mit einer appellierenden Stimme und großen Augen, die in dem schmalen Gesichtchen fast wirkten wie die einer Eule.

Was das Essen betraf, war er nicht wählerisch, er fraß auch die Brotkügelchen, die Paula formte. Als wir dann aufstanden und über den steilen, kopfsteingepflasterten Platz hinunter zum Stadttor gingen, ging er mit. Und als wir schon glaubten, ihn erfolgreich zurückgescheucht zu haben, tauchte er wieder auf. Und als wir ins Auto stiegen, stieg auch er ein.

So ein Kater war das. In den Jahren, die seither vergangen waren, hatte er an Statur gewonnen. Auch sein Katzengesicht war runder geworden. Aber die Eulenaugen waren dieselben geblieben. Sein gelber, dunkel umrandeter Blick wirkte ernst, ein bisschen melancholisch und so, als ob er eine ganze Menge wüsste.

Jetzt allerdings, als er meine Schritte um den Tisch behinderte, fand ich ihn blöd. Ich drehte mich um, bückte mich rasch und gab ihm einen Klaps. Darauf reagierte mein Bein erst recht gereizt, aber Murlo hatte verstanden. Er strafte mich mit Verachtung und stakste zurück ins Schlafzimmer, wahrscheinlich legte er sich zu Paula ins Bett.

Ich aber trat ans Fenster und schaute hinaus auf die Straße. Ein überraschend heftiger Wind bewegte die Neonröhren an den Leitungsdrähten. Aus der überfüllten Papiermülltonne vor dem Haus gegenüber wirbelten Zeitungen davon. Zerfetzte Wolken trieben vor dem Mond, der fast voll war, doch es sah aus, als treibe der Mond hinter den Wolken – ein entfesselter Ballon.

Dann ließ der Wind nach, und ich lagerte mich aufs Sofa. Ich legte die Füße in möglichst entspannter Position auf die Fußstütze. Und nun schien das Bein tatsächlich Ruhe zu geben. Doch jetzt war es der Kopf, der mich am Wiedereinschlafen hinderte.

Der Kopf, in dem sich nun ständig dieselbe Szene abspulte:

Später Nachmittag, fast schon Abend, oben im Park … Ich bin von der Bank aufgestanden, verärgert, empört, schon bin ich einige Schritte gegangen, fast gelaufen … Aber da ruft Stein hinter mir her, und ich drehe mich nach ihm um, und da knicke ich ein.

Und wie ich ihn jetzt dort stehen sehe, den in meiner Erinnerung wieder sehr kleinen Herrn Stein … Neben der Bank, auf der wir noch kurz zuvor nebeneinandergesessen sind … Wie er das Buch (*unser* Buch, ruft er mir nach) über dem Kopf schwenkt … Da tut er mir auf einmal leid, und ich frage mich, ob ich ihm nicht unrecht getan habe.

Vielleicht hätte ich ihm doch nicht so demonstrativ die kalte Schulter zeigen sollen … Immerhin war er – einmal abgesehen von seiner fixen Idee, die Hauptfigur dieses Buchs zu sein – offenbar ein Leser, der sich intensiv mit meinem Werk beschäftigte … Und solche Leser wünscht man sich doch als Autor … Das Autogramm, um das er mich ersucht hatte, hätte ich ihm schon geben können.

Wäre mir eine Perle aus der Krone gefallen, wenn ich die paar Schritte bis zur Bank zurückgegangen wäre? … Wenn ich mich noch einmal hingesetzt und ihm sein Buch – das heißt, eigentlich *mein* Buch – signiert hätte? … Das wäre doch eine Gelegenheit gewesen, dachte ich – auf dem Sofa sitzend, immer tiefer sinkend, immer weicher, in einen Zustand, der dennoch kein richtiger Schlaf war, bestenfalls Halbschlaf, während draußen vor den Fenstern der Straßenverkehr erwachte … *Die* Gelegenheit, wenigstens kurz in diesem Buch, das ich zwar selbst geschrieben hatte, aber in meinem Bücherregal nicht mehr fand, zu blättern und vielleicht ein paar Sätze zu finden, *verifizieren zu können*, die mir seit gestern und nun erst recht wieder im Kopf herumspukten.

Zum Beispiel der: *Vergangen sei das doch alles – vergangen ist nichts.*

Oder der: *Kleine Ursachen, große Wirkungen.*

Oder der: *Was immer du heute tust oder unterlässt, es hat seinen Einfluss auf den morgigen Zustand der Welt.*

Schreiben Sie, Spielmann: *Was diesen Satz betrifft … Den Satz, den dieser Mann dort in der Trafik am Schottenring gesagt und somit in die Welt gesetzt hatte … Also da stand dieser Satz fürs Erste im Raum … Dem engen Raum dieses kleinen Zeitschriften- und Tabakwarenladens.*

Hätte man ihm sofort widersprochen, hätte man diesem Satz etwas entgegengesetzt … So hätte man ihn vielleicht noch aufhalten können … Und warum habe ich das nicht getan? Warum habe ich es nicht zumindest versucht? … Ich glaube, ich habe zuallererst an Ruth gedacht.

Ruth, so heißt meine Tochter, nicht Marion. Ruth, die diesen Satz, wie ich hoffte, nicht gehört hatte. Hätte ich diesem Satz unmittelbar widersprochen, hätte ich den Mann, der ihn gesagt hatte, zur Rede gestellt, angeschrien, beschimpft … Dann hätte ich Ruth doch erst recht auf diesen Satz aufmerksam gemacht.

Ich wollte mein Kind vor diesem Satz beschützen. Oder habe ich das nur vorgeschützt? Habe ich mir das erst im Nachhinein eingeredet? War das nichts weiter als eine faule Ausrede?

Stein, wie er nach wie vor hinter mir hin und her geht. Aber jetzt bleibt er stehen. Machen wir eine Pause, Spielmann. Wir zwei werden rauchen. Aber Sie? Wollen Sie eine Tasse Instantkaffee? Mit Milch? Mit Milch! Wir hätten auch Milch für den Kater.

7

Schulkinder lärmten an den Fenstern vorbei. Das muss um etwa halb acht gewesen sein. Und dann kam doch noch der Schlaf oder eher ein Black-out. Aber als ich gegen elf erwachte, waren ein paar Gedanken, die ich in der Nacht gehabt hatte, wieder da.

Dass ich meinen Stein vielleicht etwas zu rüde behandelt hatte. Und dass ich das eventuell korrigieren sollte. Man soll einen Fan doch nicht total enttäuschen. Und dass ich ja eigentlich etwas von ihm wollte.

Ich griff also, noch im Pyjama, zum Telefonbuch.

Hallo, sagte Paula. Darf ich fragen, was du suchst, bevor du mir wenigstens Guten Morgen gesagt hast?

Stein, sagte ich. Die Telefonnummer dieses Herrn Stein.

Das darf doch nicht wahr sein!, sagte sie. Du willst diesen Spinner anrufen?

Ja, sagte ich. Ich will ihm nämlich was sagen.

Was denn?

Vielleicht möchte ich ihn auch etwas fragen.

Du spinnst ja auch, sagte Paula.

Schon möglich, sagte ich. Aber das ist mir ganz einfach ein Bedürfnis.

Es stellte sich allerdings heraus, dass sich dieses Bedürfnis nicht so einfach befriedigen ließ.

Im Telefonbuch für Wien waren 184 Personen mit dem Namen Stein eingetragen, darunter keine mit dem Vornamen Max.

Im Telefon- und Adressenverzeichnis im Netz, das Paula inzwischen geöffnet hatte, dasselbe Ergebnis.

Was blieb mir also übrig, als am Nachmittag noch einmal in den Türkenschanzpark zu gehen?

Obwohl das Wetter nicht mehr verlockend war. Die Temperatur war im Vergleich zu den vergangenen Tagen um gut zehn Grad gefallen. Nur da und dort sah noch ein Fleck blauer Himmel hinter den grauen Wolken hervor. Ich erinnere mich an die abgefallenen Blätter, die unter meinen Füßen raschelten, als ich an den drei großen Blutbuchen am Anfang der großen Liegewiese vorbeiging.

Die Sonnenanbeter waren fast ausnahmslos verschwunden, nur ein paar Unentwegte mit ledrig gegerbter Haut harrten noch aus. Federball- und Frisbee-Spieler waren nicht mehr zu sehen. Nur ein paar American-Football-Freaks jagten hinter ihrem eiförmigen Ball her. Die Aussichtswarte, deren Ziegelhülle am Tag zuvor um etwa die gleiche Stunde noch ein schönes, warmes Licht reflektiert hatte, wirkte wie über Nacht ausgekühlt.

Vielleicht war meine Hoffnung, Stein noch einmal hier im Park zu treffen, fast illusorisch. Doch auch wenn die Chance nur klein war: Ich wollte sie wahren. Durchaus in dem Bewusstsein, dass es absurd war, heute partout einen Menschen treffen zu wollen, von dem ich mich noch gestern und vorgestern vor allem belästigt gefühlt hatte. Aber manchmal verhält man sich eben absurd.

Eine gute Stunde lief ich also im Park auf und ab, kreuz und quer. *Lief* manche Strecken tatsächlich, dem lädierten Knöchel und der Aussicht auf eine weitere Restless-Leg-Nacht zum Trotz. Weil mir zum Beispiel einschoss, dass Stein vielleicht gerade beim Türkischen Brunnen war, während ich mich beim Denkmal Adalbert Stifters aufhielt, oder umgekehrt. Bis ich mir schließlich sagte, dass Stein eben nicht aufgetaucht war oder dass ich ihn verfehlt hatte, damit müsse ich mich abfinden.

Ich wollte zum nächsten Ausgang, aber da waren rot-weiß-rote Plastikbänder über den Weg gespannt. Wahrscheinlich schon während der Nacht hatte der Wind einen starken Ast von einer Platane gerissen. Auf einem Blechschild, das an einer Kette baumelte, wurde vor der Gefahr weiterer Sturmschäden gewarnt. Ein mit Leuchtfarbe auf den Asphalt gemalter Pfeil wies nach einem Seitenweg.

Das war ein Weg, den ich noch nie gegangen war. Ein Weg, der eng an der Bahnschneise entlangführte, die man durch den Park gelegt hatte. Nicht erst jetzt, sondern schon zu Kaiser Franz Josephs Zeiten. Damals war das ein Teil der sogenannten Vorortelinie gewesen, jetzt fuhr da unten, zwischen mit schweren Steinquadern gemauerten Ufern, die S-Bahn.

Ein dickes Maschendrahtgitter trennte die Schneise vom Park. Aber davor verlief noch ein Wiesensaum. Dort hätte ich keine Bänke mehr vermutet. Aber genau da standen zwei. Und auf einer davon saß Stein.

Ich setzte mich auf die andere. Er hatte mich nicht bemerkt. Oder er tat so, als ob er mich nicht bemerkte. Saß dort, über ein Buch gebeugt, in dem er anscheinend Wörter oder Sätze unterstrich. Sehr konzentriert. Mich würdigte er keines Blicks.

War er beleidigt? Wahrscheinlich war er beleidigt. Er schaffte es wirklich, mich zu ignorieren. Völlig versenkt in das Buch, ein schmales Bändchen. Ein Buch mit einem ehemals weißen, im Lauf der Jahre vergilbten Umschlag.

Er gab mir immerhin Zeit, sein Profil wahrzunehmen. Die grauen, am Hinterkopf nur mehr als Fäden im Wind zitternden Haare, die zu hohe, gleichwohl rund wirkende Stirn, die Nase mit dem leicht gebogenen Rücken. Und den Bart, der vermutlich einmal ganz schwarz gewesen war, doch von diesem Schwarz gab es nur mehr kleine, unregelmäßig über Kinn und Wangen verteilte Flecken. Und ich erschrak, weil mir auf einmal bewusst wurde, dass mir dieser Mensch ähnlich sah.

Trotzdem stand ich auf, ging die paar Schritte bis zur Bank, auf der er saß, und setzte mich neben ihn.

Guten Abend, sagte ich.

Er nickte nur.

Gab sich nach wie vor in das Buch vertieft, in dem er Wörter und Sätze unterstrich. Sehr sorgfältig. Mithilfe eines kleinen, transparenten Lineals.

Und nicht nur das. Er schrieb auch zwischen die Zeilen. Mit einem zweifellos sehr spitzen Bleistift. Und schrieb sowohl an die linken und rechten Ränder der Seiten als auch an die oberen und unteren Enden. Buchstäblich rundherum, als wollte er den gedruckten Text mit seiner Handschrift einkreisen.

Durfte er denn das? Einen Moment lang spürte ich eine Welle Wut aus meiner Brust aufsteigen. Doch ich staute sie zurück. Ich hatte doch etwas Versöhnliches im Sinn gehabt. Und räusperte mich. Hören Sie, ich war gestern vielleicht ein bisschen unhöflich zu Ihnen. Dafür muss ich mich entschuldigen. Ich wollte Sie nicht kränken.

Nahm er das zur Kenntnis? Oder nahm er das *nicht* zur Kenntnis?

Ein glücklicher Zufall, sagte ich, dass ich Sie nun wiedertreffe. Und dass Sie das Buch, *mein* Buch, heute wieder dabeihaben. Also, wenn es Ihnen nach wie vor ein Anliegen ist, könnte ich es jetzt signieren.

Hatte er das gehört? Vielleicht hatte er es *nicht* gehört. Denn in diesem Moment rauschte unter uns ein S-Bahn-Zug vorbei. Tauchte aus dem rechten Tunnel auf und verschwand im linken. Die roten Schlusslichter hinterließen ein Nachbild in meinen Augen.

Und ich saß da mit der Füllfeder in der Hand, der Füllfeder, mit der ich nie schrieb, aber manchmal *unter*schrieb, einem Schreibwerkzeug für besondere Anlässe. Die Verschlusskappe hatte ich bereits aufgeschraubt, aber Stein wollte diese Geste besten Willens offenbar nicht würdigen. Und dann kam der Zug aus der anderen Richtung, tauchte auf aus dem linken Tunnel, mit weißem Frontlicht, und verschwand im rechten. Und da schraubte ich die Verschlusskappe wieder zu und steckte die Füllfeder wieder ein.

Stein veränderte seine Haltung kaum. Saß weiterhin über das Buch gebeugt, unterstrich. Und dann murmelte er etwas. Zuerst glaubte ich, er führe ein Selbstgespräch. Aber nun wandte er sich wirklich an mich:

Werter Herr Spielmann, sagte er, Sie irren sich. Das hier – und mit diesen Worten klappte er das schmale Bändchen zu – ist kein Buch von Ihnen. Und er schloss das Buch und zeigte mir das Cover. Und das war nicht das Cover, das ich erwartet hatte.

Das Bild darauf zeigte nicht das Fenster, durch das man in

einen dunklen Lichthof schaut, dieses nur einen Spaltbreit offene Fenster. Nein, dieses Bild zeigte zwei nackte Körper, Mann und Frau, er dunkel, sie hell, auf einer geblümten, aber zerwühlten Decke. Ein Bild von Schiele. Selbst als Buchcover beeindruckend. Aber zu meinem Buch, *Steins Paranoia*, hätte es nicht gepasst.

Zu Schnitzlers *Traumnovelle* passte es schon.

Auch kein schlechtes Buch, sagte Stein, nicht wahr? Ich nehme an, Sie haben es gelesen.

Ja, sagte ich. Das ist allerdings schon eine Weile her.

Vielleicht erinnern Sie sich trotzdem an die Stelle, sagte er, mit der ich gerade beschäftigt war.

Wie Fridolin, so nennt Schnitzler einen Arzt, den er gut zu kennen scheint, von einem spätabendlichen Patientenbesuch nach Hause will. Und wie er dabei einem Trupp Couleurstudenten begegnet. Die biegen um eine Straßenecke, es könnte die Ecke Josefstädter Straße und Buchfeldgasse sein. Er hat sie schon kommen gehört, sie marschieren offenbar im Gleichschritt, vielleicht singen sie auch ein strammes Lied, doch er hat nicht rasch genug reagiert, er hätte noch auf die andere Straßenseite ausweichen können, aber jetzt ist es zu spät.

Und sie nehmen die ganze Breite des Gehsteigs ein und drängen ihn an die Mauer. Und dann sind sie schon fast vorbei, und er atmet auf. Aber einer von ihnen lässt sich zurückfallen und rempelt ihn mit dem Ellbogen. Und der Doktor bleibt stehen, und der Bursch mit der blauen Kappe bleibt auch stehen, *und so sahen sie*, schreibt Schnitzler, *einander einen Moment lang aus mäßiger Entfernung in die Augen.*

Aus mäßiger Entfernung. Auf Augenhöhe, wie man heute gern sagt. – Aber war das so? War das wirklich so? Was meinen

Sie, Spielmann? – Beschönigt Ihr berühmter Kollege Schnitzler da nicht etwas? – Ist der Schluss dieser Szene nicht seinem Wunschdenken geschuldet?

Wissen Sie, Spielmann, ich halte diese Szene für eine Schlüsselszene … Ich hab das Gefühl, sie hat einen wahren Kern … Und da hab ich mir gedacht, man könnte eine Geschichte schreiben … Eine Geschichte, in der man dieser Szene sozusagen auf den Grund geht.

In dieser Geschichte wäre es nicht der Doktor Fridolin, der da von einem Patienten kommt, sondern der Doktor Schnitzler selbst. Er käme nicht von einem späten Patientenbesuch – er ist ja kein praktischer Arzt –, sondern von einem Treffen mit einem Kollegen. Mit einem Kollegen zum Beispiel, mit dem er ab und zu eine Partie Schach spielt. Oder auch zwei Partien, alles was recht ist, eine Revanche muss schon drin sein. Obwohl er heut schon recht müd war, der Doktor Schnitzler. Und auch die zweite Partie verloren hat. Das liegt vielleicht am plötzlichen Wetterwechsel. Über die Stadt ist ein unerwartetes Tauwetter hereingebrochen.

Hören Sie zu, so steht es ja hier im Buch: *Der Schnee in den Straßen war geschmolzen, links und rechts waren kleine, schmutzigweiße Häuflein aufgeschichtet* … Es wird Februar sein, natürlich, Fasching, das motiviert die Maskerade, dieses Sich-Verkleiden und Sich-Entblößen, von dem dann, im weiteren Verlauf der Handlung, noch viel geträumt werden darf. Aber das interessiert uns jetzt weniger, bleiben wir bei der Realität, also bei der Szene, von der vorher die Rede war.

Diejenigen, die dem Doktor da begegnen, rasch um die Ecke gebogen, sodass er nicht mehr ausweichen kann, sind nicht wegen des Faschings kostümiert. Die meinen das ernst.

Die nehmen sich ernst. Die kommen daher mit breiter Brust und nehmen dementsprechend viel Platz ein. Und Schnitzler ist nicht geistesgegenwärtig genug, um ihnen noch auszuweichen. Das kommt davon, wenn man mit dem Kopf meist ganz woanders ist – aber dazu, nicht wahr, neigen die Schriftsteller.

Und einer rempelt ihn an, drängt ihn vom Gehsteig, den man damals noch Trottoir nennt oder Bürgersteig … Das sind Wörter aus der Monarchie, die in dieser Geschichte schon Vergangenheit ist, aber gewisse, inzwischen anachronistische Bezeichnungen, werden sich noch jahrzehntelang halten … Drängt ihn auf die Straße, an deren Rand ein Bach aus dem Schmelzwasser der grauen Schneehäuflein fließt … Und ich stelle mir vor, dass Schnitzler weiße Gamaschen trägt, die nun schmutzigbraun bespritzt werden.

Das sind Details, die in der Novelle, die er einige Zeit darauf schreiben wird, nicht vorkommen. Auch das ließe sich in der Geschichte, die man auf dieser Basis schreiben könnte, thematisieren. Was so ein Autor schreibt, und was er vielleicht verschweigt. In diesem Fall zum Beispiel ein Wort, das dieser Lümmel mit der blauen Kappe wahrscheinlich noch zu ihm sagt, das er ihm *zuraunt* – das Wort Jud, nicht wahr, das könnten wir uns vorstellen, oder gleich Saujud, damit es keinen Zweifel daran gibt, wie er es meint.

Was halten Sie davon, Spielmann? Das wäre doch eine gute Geschichte. Das heißt, natürlich wäre es eine böse Geschichte. Aber gut zu schreiben, lehrreich wohl auch. Hören Sie zu: Ich mache Ihnen einen Vorschlag. Schreiben wir diese Geschichte miteinander.

Wie bitte?

Warum *nicht*?, sagte Stein. Wir beide … Wir wären, da bin ich mir sicher, ein gutes Gespann … Ich hab die Idee gehabt, okay, Sie haben ein bisschen mehr Routine im Schreiben … Was schauen Sie mich so schief an? Das ist ein Angebot!

Ich muss gestehen, ich war zuerst einmal sprachlos. War das nicht der Höhepunkt der Distanzlosigkeit? Was glaubte dieser Mensch eigentlich? Was bildete er sich denn ein? Aber ich muss zugeben, dass mir seine Idee der Schnitzler-Geschichte imponierte.

Und wie er den Anfang dieser Geschichte skizziert hatte … Er war gewiss kein untalentierter Mensch … Aber was dachte ich denn da? Worauf sollte denn das hinauslaufen? … Der Gedanke einer Zusammenarbeit mit einem Mann, den ich noch gestern nicht ohne Grund für einen Psychopathen gehalten hatte, war doch völlig abwegig …

Hören Sie, sagte ich also, Ihr Angebot in Ehren. Doch, so verlockend es ist – ich kann es leider nicht annehmen. Kein Missverständnis! Das hat nichts mit Ihnen zu tun. Und schon gar nichts hat es mit der Geschichte zu tun, die Sie im Kopf haben.

Die ist vielversprechend, gar kein Zweifel. Setzen Sie sich hin, und schreiben Sie diese Geschichte. Ich kann mir ganz gut vorstellen, dass Sie das können. Mich brauchen Sie doch gar nicht dazu, da bin ich mir sicher.

Schade, sagte er und klappte das Buch zu. Schade, dass Sie auf meinen Vorschlag nicht eingehen wollen. Die Arbeit an dieser Geschichte wäre eine gute Gelegenheit gewesen …

Was denn für eine Gelegenheit?

Na, die Gelegenheit, unsere Zusammenarbeit schon ein wenig zu trainieren.

War das zu fassen? Ich stand von der Bank auf. Passen Sie auf, sagte ich, wenn Sie mich verarschen wollen …

Das liegt mir fern, sagte Stein.

Aber von was für einer Zusammenarbeit reden Sie?

Natürlich, sagte er und lächelte, von unserer Arbeit an der korrigierten Fassung von *Steins Paranoia*.

Die wird es nicht geben, rief ich. Tatsächlich, das rief ich. Denn in diesem Moment hörte man schon den nächsten S-Bahn-Zug heranrauschen. Und dann war er da, der Zug. Und Stein antwortete irgendetwas. Aber ich sah nur, wie er die Lippen unter dem Bart bewegte, und verstand kein Wort.

Dann gehen wir nebeneinander gegen den Wind.

Sie wollen also nicht, sagt Stein, Sie sagen glatt nein!?

Aber Herr Stein, sage ich, wie könnte ich denn ja sagen?

Vor uns ist der Himmel schwarz, es wird gleich regnen.

Die korrigierte Fassung eines vor fast dreißig Jahren erschienenen Buchs! Eines Buchs, das damals schon kein Erfolg war. Selbst wenn wir uns wirklich die Mühe machten, wir zwei. Welcher Verlag wird so ein Buch publizieren?

Trotz des Gegenwinds geht Stein immer schneller. Ich habe Mühe, mit ihm Schritt zu halten.

Dann könnten wir eben die Fortsetzung schreiben, sagt er. Wenn die korrigierte Fassung keine Chance hat, dann eben die Fortsetzung.

Und legt noch an Tempo zu: Ja, genau, das wäre ohnehin besser. *Viel* besser wäre das. Sehen Sie, so entstehen die richtigen Ideen! *Steins Paranoia, II. Dreißig Jahre später.* So könnten wir auch auf die gegenwärtige Entwicklung Bezug nehmen.

Einen Bogen, sagt er, könnten wir schlagen. Von der Zeit damals, nach der Wahl Waldheims, zu dieser Zeit, heute. Was damals kurz an die Oberfläche gekommen ist, und was jetzt erst recht heraufsprudelt. Dazwischen war eine Latenzzeit, aber nun wird es manifest.

Aber ist das nicht etwas zu pessimistisch?, werfe ich ein. Schon etwas atemlos, ehrlich gesagt. Warum rennt der Kerl so?

Zu pessimistisch?, sagt er. Zu pessimistisch! Lesen Sie keine Zeitungen? Hören und sehen Sie keine Nachrichten?

Und: Kommen Sie, sagt er. Ich will Ihnen noch etwas zeigen. Und fasst mich an der Hand – nein: fasst mich am Hand*gelenk*. Und ich versuche mich zu befreien, versuche, mich diesem überraschend, nein: fast erschreckend fest zupackenden Griff zu entwinden. Doch das gelingt nicht, er lässt mich nicht los, er zieht mich hinter sich her.

Er lässt mich erst los, als wir vor der Büste stehen. *Arthur Schnitzler 1862 bis 1931*. Auf einem grauen Sockel ein schwarzer Kopf. Liegt er nicht da, fragt er, wie auf dem Präsentierteller?

Ja, gebe ich zu, wenn man es so sehen will, kann man es so sehen.

Und man könnte noch etwas mehr sehen, sagt Stein. Drehen Sie sich um. Schauen Sie, was man dem armen Schnitzler direkt in den Blick geschrieben hat! Dort, auf dem Deckel der Streusandkiste. Lesen Sie!

Die Streusandkiste auf der anderen Seite des Weges. Tatsächlich: Da steht etwas auf den Deckel geschrieben. Oder gedruckt? Es sieht so säuberlich aus.

Wählen Sie 18 88 618. Wir kommen.

Eine Telefonnummer? Klar, sage ich, was sonst?

Sind Sie wirklich so naiv?, fragt Stein. Das wundert mich. Sie, der ein Buch wie *Steins Paranoia* geschrieben hat, kapieren das nicht? Muss ich Ihnen den Nazicode tatsächlich erst übersetzen?

Achtzehn für den ersten und achten Buchstaben des Alphabets … Sozusagen das Monogramm Adolf Hitlers … Dann zwei Mal die Acht. Also zwei Mal der Buchstabe H … Mir kommt das nicht über die Lippen, doch auch, wenn Sie etwas schwer von Begriff sind, werden Sie inzwischen kapiert haben, was dieses doppelte H wohl meint … Und 618? Also der sechste Buchstabe des Alphabets ist F … Wir suchen somit ein Wort, das mit F beginnt … Fuck? … O ja, das hätte etwas für sich: Fuck A. H. … Aber den Typen, die das geschrieben haben, fällt zu F eher das Wort Führer ein.

Und wenn wir die Nummer wählen, dann kommen sie. Sozusagen als prompte Einsatztruppe. Unwahrscheinlich? Nicht möglich? Sagen Sie *das* nicht! Wir werden uns noch wundern, was alles möglich ist.

Zugegeben, ich bin – ja, stimmt: erschrocken. Doch allzu sehr anmerken lassen will ich mir das nicht. Ein paar Typen von vorgestern …, sage ich.

Nein, sagt Stein, die von vorgestern sind im Altersheim oder tot. Die das geschrieben haben, sind von heute – oder noch schlimmer: Die sind von morgen.

Aber Stein!, sage ich. Glauben Sie nicht, dass Sie diese Leute ein bisschen zu ernst nehmen? Die machen sich wichtig. Aber in Wirklichkeit …

Die kommen, sagt er. Sie kündigen es ja an … Warten Sie nur: In ein, zwei Jahren sitzen die in der Regierung.

Aber ich bitte Sie, sage ich. Das ist doch übertrieben. Das ist doch wohl – sorry – ein bisschen paranoid.

Und genau das ist das Wort, das ich nicht hätte sagen dürfen. Aber nun habe ich es schon ausgesprochen und kann es nicht mehr zurücknehmen.

Paranoid?, sagt Stein. Haben Sie paranoid gesagt?! So ein inzwischen alter Jud wie Max Stein neigt halt zu einer gewissen Paranoia? So ein, nebbich, erblich belasteter Jud?! Paranoia! Paranoid! Hören Sie gut zu: Ich will das nicht mehr hören!

Wie war das? Welche Worte haben Sie dem Dozenten, der mich damals, vor dreißig Jahren, behandelt hat, in den Mund gelegt? – Sicherlich gibt sowohl die allgemeine Entwicklung der Welt als auch die besondere Österreichs zu einer gewissen Besorgnis Anlass? Doch das ist eben das Pathologische, dass einer wie dieser Patient in der Interpretation der Wirklichkeit entschieden zu weit geht? – Als Sie das damals geschrieben haben, da haben Sie ja so getan, als ob Sie eine Diagnose wie diese kritisch interpretieren, parodieren, persiflieren – jetzt aber sieht es beinah schon so aus, als würden Sie diesem Abwiegler recht geben.

Haben Sie sich also auf die andere Seite geschlagen, ist das so? Weil Sie sich nicht aus der Ruhe bringen lassen wollen, in der Sie, wie Sie glauben, Ihre dumme Autobiografie weiterschreiben können? Okay. Ich habe verstanden!

Und mit diesen Worten wandte er mir den Rücken zu.

Aber über die Schulter rief er: Sie werden schon sehen, wozu das noch führt!

8

Dann kam eine Reihe von verregneten Tagen. Tage, an denen ich nicht in Versuchung geriet, noch einmal in den Türkenschanzpark zu gehen. Tage also, an denen ich ein wenig Abstand gewinnen konnte. Abstand von diesem Mann, der mir so unzumutbar nahegetreten war.

Ich versuchte, mich auf meine Autobiografie zu konzentrieren, und das gelang mir auch einigermaßen. Schrieb am Vormittag und am Nachmittag je drei Stunden, legte nur kurze Pausen ein, in denen ich mich aufs Zimmerrad setzte und etliche Kilometer radelte. Schlüpfte – arbeitshypothetisch – in die Haut des Sechzehn- bis Siebzehnjährigen, der ich einmal gewesen war. Eines jungen Mannes, der die fixe Idee, eine sportliche Karriere zu machen, von einem Tag auf den anderen abgestreift hatte und nun ein anderes Ziel anvisierte.

Schriftsteller wollte der werden – aber kam das wirklich von einem Tag auf den anderen? Hatte sich das nicht schon länger angebahnt? Hatte ich nicht schon als Kind Gedichte und Kurzgeschichten geschrieben? Und hatte ich nicht schon längst begeistert gelesen – nicht erst, seit ich mein Fahrrad verkauft und um das dafür erhaltene Geld außer der *Olympia Monica* ein paar Dutzend bemerkenswerter Bücher gekauft hatte?

Schriftsteller werden zu wollen, das war nicht ganz neu. Hatte ich diesen Berufswunsch nicht schon als Volksschüler gehabt? Und in einem Aufsatz mutig artikuliert? Ich will ein

Schriftsteller werden. Ich will etwas erleben und darüber schreiben.

Das war in der Schule im dritten Bezirk, in der Erdbergstraße. Einer Schule mit zwei Kastanienbäumen im durch ein grünes Gatter von der Straße abgegrenzten Vorhof. Die Kronen der Bäume reichten bis vor die Fenster unseres Klassenzimmers. Bis Mitte Oktober sah ich noch, wie sich die Blätter verfärbten, hörte ich noch, wie die Kastanien unten aufs Pflaster prasselten.

Ein Umzug aus einem Bezirk in den anderen, ein damit verbundener Schulwechsel, und schon wird aus einem Kind, das sich recht wohlgefühlt hat in seiner Haut, ein pickeliger, sich selbst peinlicher Jugendlicher.

In Wien 3 bin ich ein musisch begabter Volksschüler, dessen Talente von damals noch lebensfrohen Eltern, einer belesenen Großmutter und einem freundlichen Lehrer gefördert werden. Der freut sich, dass er einen Schüler hat, der ohne den bezirksspezifischen Akzent Gedichte vorlesen kann und ohne die unter den anderen Schülern verbreitete Hemmung, mehr als fünf Zeilen abzusondern, Aufsätze von vier, fünf Seiten schreibt. Aufsätze, in denen man kaum Rechtschreibfehler ausbessern muss, Aufsätze, die ihn, weil der Knabe Humor hat und Pointen zu setzen weiß, manchmal sogar zum Lachen bringen.

Im Turnen ist der Bub zwar nicht ganz so gut. Aber dafür stützt er im Musikzimmer den manchmal doch recht schwächlichen Gesang seiner Mitschüler durch kühne Griffe auf dem Akkordeon. Da darf er im Turnsaal schon etwas zaghafter sein. Irgendwann hat er sich einen Leistenbruch zugezogen und musste operiert werden, das ist nun zwar schon eine Weile her, aber der Lehrer hat um Verständnis dafür gebeten, und die erstaunlich braven Mitschüler haben das akzeptiert.

Sie haben *ihn* akzeptiert. Jedenfalls hat er das so in Erinnerung. Er war dort ein akzeptierter Außenseiter. Vielleicht ist er manchen ein bisschen auf die Nerven gegangen, wenn er so siebengescheit dahergeredet hat, und wahrscheinlich hat es manche befremdet, wenn er versucht hat, die jiddischen Witze wiederzugeben, die sein Vater gern erzählt hat, wenn Gäste da waren. Aber abgelehnt oder unterschätzt oder in seiner Wesensart total missverstanden gefühlt hat er sich dort, in der Erdbergstraße, nie.

In Wien 5, in der vierten Klasse, in die er erst Ende Oktober oder Anfang November, also mitten in seinem vierten Grundschuljahr, *hineingesetzt* wird, wird sich das rasch ändern. In einer Klasse mit Mitschülern, die ihn als Fremden ansehen, aus misstrauischen, beinahe schon erwachsenen Augen. Die sind ein Rudel unter der Führung eines absolut amusischen Klassenlehrers. Dem geht es vor allem um die Vermittlung praktischer Fähigkeiten.

Aufsätze zu Themen wie *Als ich einmal auf einer Baustelle zugesehen habe* oder *Wie ich eine Nadel einfädle* sollen dort geschrieben werden. Dazu fällt dem Neuen nicht das ein, was der Lehrer erwartet – Geschichten vom Turmbau zu Babel, den Gott abrupt stoppt, und von Dornröschens Mutter, die beim Nähen von Babykleidung vor sich hin träumt und sich folglich sticht, findet der, gehören nicht zum Thema. Die Ironie, mit der Paul sich dazu zu äußern versucht, wird nicht verstanden oder nicht geschätzt. Und im Turnen, das hier ganz streng

Leibesübungen heißt, erweist sich seine geradezu habituelle Scheu vor Geräten wie dem Bock oder dem Sprungkasten.

Da wird er rasch zum Gespött der *Kameraden*, die der Lehrer tatsächlich so nennt. Der ist jung, Mitte zwanzig, hat aber wahrscheinlich noch eine Erziehung genossen, in der man auf größere Aufgaben vorbereitet wurde. Zäh wie Leder sollte man da sein, hart wie Kruppstahl – aber nein, das wusste ich gar nicht, vielleicht tat ich ihm ja unrecht. Vielleicht war er gar kein Hitlerjunge, vielleicht hatte ich mir das erst später, als ich ein bisschen mehr von der damals noch keine zwei Jahrzehnte zurückliegenden Geschichte mitbekam, dazugereimt.

Dass ich mich ein halbes Jahr danach mit nicht wenigen von jenen getrimmten *Kameraden* in einer ersten Klasse der Realschule wiederfand, tat nicht gut. In einer Schule, von der ich Jahre später noch albträumte, von nach ätzenden Putzmitteln stinkenden Gängen und Treppenhäusern, in denen ich mich immer wieder verirrte, mit dem Gefühl, nie im richtigen Stockwerk zu sein. Als ich die Klasse betrat, hatten sie das Vorurteil gegen mich dort schon eingeschleppt. Als ich mich hinsetzte, in der vorletzten Reihe, war es schon da – auf den Platz neben mir setzte sich niemand.

Hatte da einer Jud zu mir gesagt? … War das eine authentische Erinnerung, oder gehörte sie auch zu meinem Albtraum? … Wieso hätte der (ein Bub, an dessen Gesicht ich mich nicht mehr erinnern konnte) das zu mir sagen sollen? … So etwas sagte man damals doch nicht mehr, oder?

Und wieso fühlte ich mich davon betroffen? … War ich doch gar kein Jude. Oder doch? … Ich war kein Jude, aber ich hätte einer sein können … Auch die Lehrer, die hier Professoren genannt werden wollten, ließen sich anstecken von diesem kleinen, gemeinen Volksempfinden:

Was schaust du so arrogant? Was findest du so komisch? Was grinst du so blöd? / Wovon war gerade die Rede? Warst du schon wieder im Traumland? Warum gibst du keine Antwort, wenn man dich fragt? / Warum schreibst du nicht mit, wie alle anderen? Müssen wir bei dir extra ein Bittgesuch einreichen, damit du mittust? Bildest du dir ein, du bist ein Herr von und zu? / Was schneidest du für Grimassen? Glaubst du, dahinter kannst du dich tarnen? Was glaubst du eigentlich, wer du bist?

Und jetzt fällt mir der graue Nachmittag ein, an dem mich in der Wiedner Hauptstraße, durch die ich stadteinwärts streune, ziellos, wie mir scheint – ich kann mich jedenfalls an kein Ziel erinnern, das ich damals gehabt haben sollte –, ein Mann anspricht. Das heißt, er stellte mir eine Frage, die in meiner Erinnerung nur aus einem Wort besteht: Ungar? Und ich, damals ein Bub von zwölf oder dreizehn, antworte vorerst nicht. Bringe keine Antwort über die Lippen, weil ich so perplex bin oder so schüchtern oder so grundsätzlich verstört.

Dass mich der Mann, an dessen Aussehen ich mich nur vage erinnern kann – ein älterer Mann, wie mir scheint, aber das war für mich in jenen frühpubertären Jahren wohl jeder jenseits der vierzig –, mit etwas schütteren Haaren möglicherweise: hohe Stirn, ein zu großes Gesicht, mit dem er sich, kommt mir jetzt vor, mir annähert, sich zu mir herabneigt –, dass mich dieser Mann für einen Ungarn hält, mag mich im ersten Moment überrascht, irritiert, aber schon im nächsten auf vertrackte Weise bestätigt haben. Bestätigt in einem von Kind an empfundenen, in der Volksschulzeit kokett kultivierten und letzthin sehr böse erfahrenen Gefühl des Anders*wirkens*, Anders*aussehens*, möglicherweise tatsächlich Anders*seins*. Und ich antworte nicht, lasse ihn, der vielleicht wirklich nur Gutes im Sinn hat – ein *Gutmensch*: dieses dumme und gemeine Wort gab es damals, es muss im Jahr 1956 gewesen sein, Herbst, Ende Oktober, Anfang November (genau, es nieselt), dieses blöde, perfide Wort, sage ich zu Paula, gab es damals noch nicht, aber damals gab es in unserem Land – für die Landsleute von heute vielleicht schwer vorstellbar – viele Menschen guten Willens –, ich lasse ihn vorläufig im Ungewissen über meine Nationalität. Ich könnte ja wirklich ein Ungar sein, ein Ungarn-Flüchtling, ja, warum nicht, so wie ich daherkomme, mit dem Blick eines Menschen, der sich in dieser Umgebung fremd fühlt – die Hände tief in die Manteltaschen vergraben, die Taschen eines Mantels, in den ich nicht passe, eines Mantels, den mir meine Eltern in der *Chance* gekauft haben, dem großen Secondhandgeschäft Ecke Anzengrubergasse, denn obwohl es jetzt angeblich stetig aufwärts geht, müssen wir, sagt meine Mutter, nun etwas mehr sparen –, ich könnte, meine ich, wirklich ein Ungarn-Flüchtling sein, recht jung noch, aber mit einer interessanten, aufregenden, mitleiderregenden, letztlich imponierenden Geschichte, einer Geschichte, die ich dann erzählen könnte, denn ich habe in den letzten Wochen viel darüber gehört und gelesen.

Von meiner Stadt Budapest könnte ich erzählen, in der auf einmal mehr und mehr Leute auf den Straßen waren. Auf den Straßen und Plätzen, besonders auf dem Platz, wo das Denkmal Stalins auf seinem Sockel stand. Und das haben wir dann niedergerissen, ja, ich war dabei, der Kopf der Statue, dieser viel zu große Kopf, ist auf dem Pflaster gelegen. Und Fahnen haben wir geschwenkt, und patriotische Lieder haben wir gesungen und haben schon geglaubt, dass wir gesiegt haben.

Aber dann sind die Panzer gekommen, wir haben Molotowcocktails geworfen, sicher, ich auch, so jung ich war. Und ja, die Unseren haben auch Leute umgebracht, an den Laternenpfählen haben wir sie aufgehängt, aber die, hat es geheißen, haben es verdient. Doch dann waren die Panzer immer mehr und mehr, aus allen Gassen sind sie angerollt, von draußen aus den Randbezirken ins Zentrum. Und wissen Sie, diesen Lärm, den Panzerketten machen, wenn die Panzer näher und näher kommen, Panzer, Panzer, Panzer, den habe ich noch jetzt in den Ohren, diesen grauenhaften Lärm, da kann man nur mehr davonrennen.

Doch ich habe es geschafft, raus aus der Stadt und nichts wie weg über die Äcker und Felder. Zwei, drei Tage und Nächte unterwegs, bis an die Grenze, die Gott sei Dank noch nicht wieder zu war. Andau, ja, so heißt der Ort auf der österreichischen Seite, da ist ein rot-weiß-rot lackierter Schranken, der offen steht … Aber nein, ich schüttle den Kopf und werde mich gleich von dem Mann, der sich zu mir herabbeugt, dessen Rasierwasser ich schon rieche, so nah kommt er mir, abwenden (wer weiß, denke ich, was dieser Mensch von mir will, aber vielleicht will er mir, den er für einen Flüchtling hält, ja wirklich nur helfen, ein echt guter Mensch, vielleicht will er mir Geld geben oder mich auf ein Mittagessen einladen oder mir ein Quartier anbieten), aber nein, denke ich, und nun wende ich mich wirklich von ihm ab, ich bin ja doch kein Ungar.

Aber wo war ich denn jetzt hingeraten? Darüber hatte ich doch nicht schreiben wollen. Daran hatte ich nicht einmal denken wollen. Auf dem Laptop tippend. Auf dem Zimmerrad kurbelnd.

Diese Jahre hätte ich gern übersprungen. Meine ersten drei Jahre in der Realschule. – *Musste* ich chronologisch schreiben? Nein, das musste ich *nicht*! Vielleicht würde ich später noch auf diese Jahre zurückkommen.

Oder ich würde die ganze Passage löschen. Ja, vielleicht war es besser, sie einfach zu löschen. Drei böse Jahre: ein Tunnel, in dem ich kaum Licht sah. Erst nachdem ich zwei Mal repetiert hatte, strampelte ich da raus.

Und zwar auf dem Fahrrad. Genau. Das Rad hatte mir Halt gegeben. Und auch die Wertschätzung meiner Mitschüler gesichert. Die Wertschätzung neuer Mitschüler. In einer neuen Schule. Zwar hatte ich nun einen weiteren Schulweg, vom fünften Bezirk in den zehnten, aber mit dem Fahrrad war das kein Problem. Für einen gut trainierten jungen Mann. Ja, sagte ich zu Paula, der war ich inzwischen. Irgendwann in jenen finsteren Jahren hatte ich zu trainieren begonnen. Ich hatte beschlossen, mich nicht weiter verspotten und verprügeln zu lassen.

Hatte Liegestütze und Kniebeugen gepumpt. Hatte Hanteln geschwungen, war Runden durch den Park gelaufen. Hatte mir kleine, schlaue Bücher gekauft, um mich über Trainings- und Ernährungspläne für Leistungssportler zu informieren. Und siehe da – bald waren auch die letzten Spuren der weichlichen Physis verschwunden, ich hatte einen Körper, für den ich mich nicht mehr genieren musste, im Gegenteil, ich zeigte mich gern, ließ in den Turnstunden das weiße Leibchen weg, hatte

Muskeln, mit deren Hilfe ich mich ganz hinauf aufs Tau hanteln konnte und wieder hinunter, die Beine in der Waage haltend, ganz ohne Kletterschluss, Paula lächelte, aber echt, sagte ich, das ist wahr.

Und auf dem Rad war ich für meine Mitschüler fast unschlagbar. In den Rennen, die wir nach der Schule veranstalteten. In der Grenzackergasse, zwischen der Schrebergartensiedlung auf der einen und den Roggenfeldern auf der anderen Seite. Und das war schön, die Erinnerung daran ließ mein Herz auch jetzt noch schneller schlagen, nun kam ich, erzählend, erst so richtig in Fahrt – aber da klingelte mein Handy.

Ich drückte die Empfangstaste und meldete mich.

Spielmann, sagte ich. Hallo?

Niemand gab Antwort.

Pronto?, sagte ich. Vielleicht war das ja jemand von unseren italienischen Freunden.

Aber nein. Ich hörte nur dieses Schweigen.

Hallo?, sagte ich noch einmal.

Keinerlei Reaktion.

So sagen Sie doch was!

Der Anrufer sagte nichts.

Okay, dann halt nicht, sagte ich und drückte die Stopptaste.

Was war denn das?, fragte Paula.

Anscheinend, sagte ich, hat sich jemand verwählt.

Nein, ich würde mich jetzt nicht bremsen lassen. Mein Spitzname war Charly. Nach meinem Idol, dem luxemburgischen Radchampion Charly Gaul. Der Name war zwar französisch auszusprechen, etwa so wie der des französischen Staatspräsidenten, aber dass ein Radfahrer Gaul hieß (Gaul war ja für uns ein Synonym für ein Fahrrad), fanden die meisten von uns lustig.

Charly Gaul, der den Giro d'Italia und die Tour de France gewonnen hatte. So einer wie der wäre ich gern geworden. Ein Bergspezialist. Ein Kletterer, wie man das im Radlerjargon nannte. Einer, der, wenn die anderen stöhnten, weil es zu steil wurde, erst so richtig loszog.

Klar hätte ich, wenn ich wirklich ein Radrennfahrer hätte werden wollen, wohl einem Verein beitreten müssen. Nicht bloß so gut wie täglich in der Grenzackergasse gegen meine im Schnitt um zwei Jahre jüngeren Mitschüler siegen. Und nicht nur zwei Mal pro Woche auf der Höhenstraße einen imaginären Gegner nach dem anderen überholen. Mit sechzehn oder gar schon siebzehn wäre es hoch an der Zeit für einen Vereinsbeitritt gewesen.

Aber der Sport war halt doch nicht ganz meins. Wahrscheinlich hatte ich das ja längst geahnt. Und dann, im Frühsommer 1960 – oder war das schon 1961? –, hatte ich mich eben besonnen. Da war doch noch eine andere, eine frühere Zielvorstellung gewesen.

Ich möchte Schriftsteller werden. Ich möchte etwas erleben und darüber schreiben. Ja, eben. Das war's doch. Wieso hatte ich diesen Wunsch fast vergessen können? Dem Buben von ehemals hatte Karl May imponiert. Den jungen Mann von jetzt inspirierte Hemingway.

Ich orientierte mich an den *Nick Adams Stories*. Geschichten, in denen sich Hemingway an sich selbst vor allem als Halbwüchsigen und als jungen Mann erinnerte. Nick Adams hieß

Hemingways junger Doppelgänger. Meiner hieß Peter; was den Familiennamen betraf, legte ich mich nicht fest.

Peter also. Mein zweites, mein Kurzprosa-Ich. Wir waren sozusagen zweieiige Zwillinge. Einander nicht *zum Verwechseln* ähnlich, aber doch sehr. Und das wird bei Ernest Hemingway und seinem Nick ähnlich gewesen sein.

Nick Adams, der seinen Vater, einen Landarzt, der auch Indianer behandelte, auf Krankenbesuchen, aber auch auf der Jagd begleitete. Und Nick Adams, der mit einem Mädchen namens Marjorie angeln ging, aber eines Tages war die Freude, die die beiden aneinander gehabt hatten, wie weggeblasen. Und während sich Nick mit einem Freund namens Bill betrank und über das Ende jener Jugendliebe räsonierte, brauste draußen ein Sturm, der drei Tage lang nicht nachließ. Und dann fuhr Nick als Hobo auf einem Güterwaggon und wurde von einem Bremser hinunter auf den Schotter neben die Gleise gestoßen, aber dann kam er an ein Lagerfeuer, an dem ein ehemaliger, von seinen Kämpfen übel zugerichteter, von den Schlägen, die er eingesteckt hatte, übergeschnappter Boxchampion saß.

Solche Storys hatte ich nicht zu bieten. Mein Erfahrungshorizont war eben ein anderer. Aber da war zum Beispiel die Geschichte, in der ich jeden Tag auf dem Schulweg, den ich nun nicht mehr per Rad, sondern zu Fuß zurücklegte, am Rand des Waldmüllerparks zwei Mädchen begegnete. Die eine blond, die andere brünett, die eine mit Augen, die mich kitzelten, die andere mit einem weichen, in meiner Phantasie nach gebrannten Mandeln schmeckenden Mund.

Die beiden Mädchen lachten, wenn sie Peter sahen. Es war kein spöttisches Lachen, aber ein über seinen inneren Kampf, den man ihm anscheinend äußerlich ansah, amüsiertes. Der

Kampf des entschlossenen Peter gegen den zögernden Peter. Jedes Mal, wenn er an den beiden Mädchen vorbei war, nahm er sich vor, sie am nächsten Tag aber ganz bestimmt anzusprechen.

Das war die Stelle, an der mein Handy wieder klingelte. Und erneut meldete sich niemand, als ich Hallo gesagt hatte.

Hallo, wer spricht?

Der Anrufer fand es offenbar nicht der Mühe wert, sich zu melden. Es genügte ihm, zu hören, dass er mich irritierte.

Der dritte Anruf kam dann erst zwei Tage später.

Hallo? Wer spricht? – Ich hätte besser gefragt: Wer schweigt?

Und eigentlich hätte ich gar nicht fragen müssen. Ich war mir inzwischen sicher, dass es Stein war.

Ich hörte ihn atmen. Das war der Atem eines Menschen, der viel rauchte.

Was wollen Sie?, fragte ich. Sie stören mich beim Schreiben … Ist es wirklich das, was Sie wollen?

Keine Antwort.

Sehr originell, sagte ich. Und diesmal schaltete ich das Handy ab.

Dann, zwei weitere Tage später, kam dieser Brief. Das heißt, genau genommen: dieses Kuvert. Auf der Vorderseite mein Name in sehr aufrecht stehenden Blockbuchstaben, auf der Rückseite kein Absender. Ich öffnete es nicht gleich, sondern warf es auf den Stoß unerledigter Post auf meinem Schreibtisch.

Ich ging in die Küche, stellte die Espressokanne auf die Herdplatte. Ich schaute hinaus in den Hof, das Wetter hatte sich etwas gebessert. Immerhin regnete es nicht mehr, aber das Stück Himmel über dem Hof war grau. Auch der Kater wirkte grau unter dem schon fast blattlosen Kastanienbaum.

Mit der Tasse Kaffee an den Schreibtisch zurückgekehrt, blätterte ich in der Zeitung. Das war Mitte Oktober. Ich las einen Kommentar zu den bevorstehenden Wahlen in den USA. Donald Trump galt nach der Veröffentlichung eines Videos mit sexistischen Prahlereien als fast chancenlos. Niemand konnte sich vorstellen, dass eine Mehrheit der amerikanischen Bevölkerung diesen Typ wählen würde.

Eben. Spontan tippte ich ein paar Zeilen an meinen alten Freund Harry in Maine. Meinen Freund und Anwalt aus der Zeit, als ich am Bates College Deutsch und Creative Writing unterrichtet hatte. Dear Harry, schrieb ich, jetzt könnt Ihr ja wirklich schon aufatmen. Auch wenn Hillary Clinton keine total sympathische Person ist, sie wird doch erträglicher sein als dieser Oger. Hillary also. Oder glaubst Du, dass Bernie Sanders noch Chancen hat? Wie die nun auf Dezember verschobene Stichwahlwiederholung bei uns ausgehen wird, ist total ungewiss. Natürlich wäre es empörend, wenn der Präsidentschaftskandidat der schlechten Verlierer, vor denen unser Verfassungsgerichtshof in die Knie gegangen ist, nun auch noch als Sieger aus dieser Wahl hervorginge. Aber unmöglich scheint mir das leider nicht.

Das ungefähr tippte ich. Und darüber vergaß ich das beiseitegelegte Kuvert. Wahrscheinlich *wollte* ich es auch vergessen. Kaum hatte ich die Zeilen an Harry abgeschickt, öffnete ich das Dokument mit der Autobiografie wieder. Aber da sprang der Kater zu mir auf den Schreibtisch und fegte den Stapel mit der noch nicht durchgesehenen Post zu Boden.

Okay. Da lag das Kuvert dann vor meinen Füßen. Ich hob es auf und öffnete es. Aber es war nichts drin. War das nun ein Versehen, hatte Stein einfach vergessen, einen Brief, den er geschrieben hatte, in dieses Kuvert zu stecken? Oder wollte er das per Telefon begonnene Spiel nun variieren und mich zur Abwechslung per Post anschweigen?

Wollte er jedenfalls auf die Dauer nicht. In dem Kuvert, das wieder zwei Tage später kam, steckte immerhin schon ein Bogen Briefpapier. Falls ich doch noch ein wenig unsicher gewesen sein sollte, mit wem ich es zu tun hatte, so wurde das nun klargestellt. Mit einem lapidaren Satz:

Ich bin der Stein des Anstoßes.

9

Ach was, da wollte sich einer wichtigmachen. Ich würde mich nicht von ihm beeindrucken lassen. Ich schrieb. Ich beschrieb, wie ich damals geschrieben hatte. In der schönen Phase (Emphase) meines Anfangs.

Als ich ernsthaft zu schreiben begonnen hatte. Auf der *Monica*. Mit hartem Anschlag. Das Schreiben auf dieser Maschine hatte für mich auch einen rhythmischen Reiz. Ich liebte es, die Länge und die Kürze der Zeilen auch akustisch wahrzunehmen.

Mein Vater, dem es damals weder beruflich noch gesundheitlich mehr gutgehen wollte, liebte das weniger. Manchmal, wenn ich in der Nacht schrieb, erschien er im Pyjama in meinem Zimmer, schlurfend in den Hausschuhen, die ihm zu groß waren, und beschwerte sich, dass er wegen meiner literarischen Ergüsse nicht schlafen könne. Aber das sind keine Ergüsse, fauchte ich. Dieser banausische Ausdruck ärgerte mich maßlos.

Was ich damals geschrieben hatte? – Ich versuchte mich zu erinnern.

Es gab Geschichten, deren Ideen für mich ganz nah, die für mich buchstäblich auf dem Weg lagen. Es gab aber auch Geschichten, mit denen ich in die Ferne schweifte. In eine Ferne, nach der ich mich in der Nähe sehnte.

Wie die Geschichte mit den beiden Mädchen (*Schneeweißchen und Rosenrot*) war auch die Mutschila-Story (*Kaddish*) eine Schulweggeschichte. Denn ich sah diesen Mann jeden Tag in der Früh, wenn ich zur Schule ging. Er hatte ein kleines Gasthaus, eigentlich eher eine Imbissstube, ganz nah an der Südbahntrasse. Und er stand tatsächlich schon um Viertel vor acht vor der Tür dieses Lokals, offenbar war er ein Frühaufsteher.

Da stand er vor seiner in meiner Erinnerung grün gestrichenen Tür. Eine ehemals weiße Schürze mit Gulaschflecken vor dem Bauch. Und neben ihm saß oder lag sein Boxerhund. Und der ähnelte ihm, besonders was die Stirnfalten und den Ausdruck der Augen betraf, frappant.

Wenn ich mittags von der Schule zurückkam, sah ich diesen Mann und seinen Hund wieder. Der Mann nickte mir zu, und der Hund knurrte nicht, wenn ich mich der Tür näherte. Manchmal konnte ich der Versuchung nicht widerstehen und trat ein. Zu Hause wartete ein Mittagessen auf mich, das meine Mutter vorgekocht hatte, das hätte ich nur aufwärmen müssen, aber die Gulaschsuppe oder die Bohnensuppe bei Mutschila war auch gut, und vor allem fand ich es schön, in seinem Lokal zu sitzen.

Noch schöner war es, hier zu sitzen, wenn mein Freund Walter dabei war. Einer der wenigen, die nicht von mir enttäuscht waren, weil ich nun kein Radrennfahrer mehr werden wollte, sondern Schriftsteller. Der begleitete mich manchmal, obwohl dieser Weg nicht ganz sein Nachhauseweg war. Wenn wir miteinander philosophierten, konnten wir nicht so schnell damit aufhören, und obwohl es um ernste Themen ging, Existenz und Essenz, Kapitalismus und Marxismus, Liebe und

Tod, Gott und die Welt, lachten wir viel und freuten uns, dass wir uns so gut verstanden.

Und bei einem Glas Bier ließ es sich noch besser philosophieren. Zwar klebte an der Wand hinter der Theke ein behördlich gestempelter Zettel, aus dessen allerdings schon recht verblasstem Text hervorging, dass an Jugendliche unter achtzehn Jahren kein Alkohol ausgeschenkt werden dürfe. Aber so genau wurde das hier nicht genommen, und wir sahen ohnehin etwas älter aus. Bis vor kurzem war ich ein Sportler gewesen, aber nun war ich eben keiner mehr, und daher konnte ich jetzt so viel Bier trinken, wie ich wollte.

Aber wieso, fragte Paula, hast du diese Geschichte *Kaddish* genannt?

Weil sie auf die Trauer um einen Menschen hinauslief, sagte ich, vielleicht sogar um die Trauer um einen Menschen und ein Tier. Den Mutschila und seinen Hund, die beiden habe ich fast jeden Tag mindestens zwei Mal gesehen. Manchmal noch ein drittes und viertes Mal, wenn ich mit einem Buch in den Waldmüllerpark und dann, wenn es zum Lesen zu dunkel wurde, aus dem Park zurückging.

Der Mutschila und sein Boxerhund, die haben für mich dort hingehört. Vor diese grüne Tür, *Gaststätte Ferdinand Mutschila* ist am Türbalken gestanden. Und da waren sie auch meistens. Verlässlich. Aber dann eines Tages auf einmal nicht mehr. Von da an war dort, wo die beiden für mich hingehört hatten, eine leere Stelle.

Eine leere Stelle in dieser Welt.

Nein, es ist nicht so, dass Ferdinand Mutschila, den ich zwar fast jeden Tag gesehen, aber doch überhaupt nicht näher gekannt habe, der erste Tote in meinem Leben war … Und trotzdem … Mein Großvater, den ich gerngehabt habe, ist mir nicht auf diese Weise abgegangen … Wo Mutschilas Hund geblieben ist, weiß ich nicht, hoffentlich haben sie ihn nicht eingeschläfert, aber wenn er seinen Herrn überleben durfte, war er sicher eine Zeitlang traurig.

Die Geschichte über die Autostoppreise meines literarischen Alter Ego begann oben auf dem Wienerberg. Wenn Peter vom Matzleinsdorfer Platz kam, ging es zwar ein wenig bergauf, aber er hatte nicht das Gefühl, auf einen Berg zu steigen. Dort oben allerdings war dann links nur mehr der Wasserturm und rechts der nach George Washington benannte, große Gemeindebau. Ach ja, und die Cola-Werke und das Philips-Hochhaus.

Aber sonst nichts. Danach kamen nur noch Hügel, in sanften Sinuskurven ausschwingend, die ins Wiener Becken verliefen. Nichts Besonderes, einfach Gegend – Äcker, Felder, Wiesen. Aber das musst du dir vorstellen, sagte ich zu Paula. Noch keine Spur von all dem Container-Trash, von all diesen hässlichen Werbeflächen und -Stängeln, noch keine Shopping City Süd!

Wenn Peter am Abend dort stand und hinunterschaute, klang die Triester Straße immer nach Fernweh. Früher, im Diluvium oder davor, war da angeblich ein Meer gewesen. Anlässlich eines Lehrausgangs hatte ihm der Klassenvorstand Dr. Schimmer zwar auszureden versucht, dass die Küste jenes Meeres unmittelbar hier verlaufen sei. Doch Peter glaubte ihm nicht – der Wind, der da aufkam, spürte sich ähnlich an wie später der Wind an richtigen Küsten.

Linker Hand die Wienerberggründe – ein Steilrand von

dreißig Metern Tiefe. Ein Abbruch, ausgehoben von emsigen Baggern. Die Straße und diesen lehmigen Abgrund trennte ein etwa zehn Meter breiter, mit braunem Gras und bunt blühendem Unkraut bewachsener Damm. Einen Sommer lang war Peter dort der Sonne entgegen gelegen, nackt und von Tag zu Tag dunkler gebräunt, da hatte der Duft von so viel Natur am Rand der Straße ihn buchstäblich rauschig gemacht.

Das war in den Ferien von der sechsten zur siebenten Klasse gewesen. Aber nun näherte sich das Ende der Ferien von der siebenten zur achten. Und sollte er sich das wirklich antun, Anfang September wieder in den Schulalltag zurückzukehren? Was, wenn er sich jetzt einfach an den Straßenrand stellte und schaute, dass er weiterkam.

Wie weit er kam. Mit einem ersten Lift vielleicht bis Wiener Neustadt. Aber mit einem zweiten eventuell schon bis nach Graz. Und dann vielleicht, wer weiß, noch nach Klagenfurt. Aber wenn er Glück hatte und ihn ein Fernlastfahrer mitnahm, kam er vielleicht diese Nacht noch über die Grenze und würde morgen früh in Triest aufwachen oder in Rijeka.

Oder es könnte ihn eine nette Frau mitnehmen. Und warum nicht? Er war doch ein fescher junger Mann. Er war jetzt in einem Alter angelangt, in dem er sich gefiel. Besonders im Profil – wenn er die Flügel des Spiegelschranks im Badezimmer aufklappte, sodass er sich von der Seite sehen konnte – fand er sich attraktiv.

Er sah aber trotzdem nicht gefährlich aus. Die Frauen, die ihn mitnehmen würden, brauchten nichts zu befürchten, aber er war wahrscheinlich ein talentierter Liebhaber. Und dann stellte er sich eine vor, die ihr Auto tatsächlich bremste und gleich neben der Votivsäule zur Spinnerin am Kreuz zufuhr.

Wohin wollen Sie?, fragte sie, und: Einfach nach Süden, sagte er, und: Das trifft sich gut, sagte sie, ich fahre nach Rom.

Doch bevor so eine wirklich erschien, suchte er noch nach seinem Pass in seiner Umhängetasche. Den fand er zwar, das war nicht das Problem. Aber er fand auch einen Einkaufszettel, den ihm seine Mutter geschrieben hatte, einen alten, schon etwas vergilbten Einkaufszettel. Einen Einkaufszettel, den sie ihm geschrieben hatte, als er noch brav für sie einkaufen gegangen war.

Und im Licht einer Neonröhre am Straßenrand las er, was er da für sie hatte besorgen sollen. Ein Kilo Brot, stand da, ein Liter Milch, ein Viertelkilo griffiges Mehl, ein Achtel Butter. Und eine Packung *Liebdauer* – tatsächlich, seine Mutter hatte den Namen dieses nach der slowakischen Region Liptau benannten Streichkäses mit ie und weichem b geschrieben. Wie Liebe, die dauert. Und als er das las, war er gerührt. Und drehte sich um und ging zu ihr nach Haus.

Und die Gedichte. Natürlich, ja, die Gedichte. Der erste Text von mir, der gedruckt erschien, war ein Gedicht. Da hat jemand für dich angerufen, sagte mein Vater, von einer Zeitschrift des Theaters der Jugend. Die wollen ein Gedicht von dir abdrucken. Sieh mal an!

Einen von meinen Ergüssen?, fragte ich.

Ach komm, sagte mein Vater. Sei nicht so nachtragend. Ich bin stolz auf dich! Ja, ich bin stolz auf dich! Aber dieses Talent hast du natürlich von mir.

Tatsächlich hatte er ein Talent, das ich nie hatte. Er konnte lustige oder halblustige Verse aus dem Ärmel schütteln. Das konnte er fast so gut wie jiddische Witze erzählen. Dementsprechend hatte er seine Gäste, solang er es sich noch leisten konnte, welche einzuladen, auch damit unterhalten oder genervt.

Selbstverständlich reimten sich diese Gedichte. Mein erstes, gedrucktes Gedicht reimte sich auch, aber das war eher die Ausnahme, nicht die Regel. Eigentlich hatte ich es mir als Chanson vorgestellt. Als ich es schrieb, hatte ich gerade Texte von Jacques Prévert gelesen.

Außerdem hatte ich die Welt des Films für mich entdeckt. In den *normalen* Kinos liefen damals noch vorwiegend deutsche und österreichische Unterhaltungs- und Heimatfilme oder amerikanische Kriegs- und Wildwestschinken. Aber in Kinos wie dem Künstlerhaus am Karlsplatz oder dem Burgkino am Ring liefen Streifen des französischen Film noir und erste Streifen der Nouvelle Vague, der Neuen Welle. Schwarzweiß, mit Schauspielerinnen und Schauspielern, die sehr überzeugend gelangweilt dreinsehen konnten oder sogar angeekelt von der Sinnlosigkeit des Daseins in einer Welt, in die sie geworfen worden waren, ohne gefragt zu werden.

Die Atmosphäre der ersten Zeilen jenes Gedichts hatte ich wohl aus solchen Filmen geliehen. Aber trotzdem: *Trotzdem*, so hieß mein Gedicht. Ein Gedicht, in dem Regentropfen trübe Kreise auf den Gehsteig malten und der Klang einer Musicbox leise aus der kleinen Bar von vis-à-vis zu hören war. In einem Dunkel, in dem nur ab und zu Zigaretten aufglimmten, an denen offenbar zu heftig gezogen wurde, während am fraglos bewölkten Himmel über dieser Szene keine Sterne funkelten.

In diesem Gedicht, das übrigens auch in der Schule zur Kenntnis genommen wurde, denn die Zeitschrift des Theaters der Jugend, *Neue Wege* hieß sie, lag da auf den Tischen, sprach ich ein Du an, anscheinend das Du eines Mädchens, mit dem ich dieser trüben Welt Widerstand leisten wollte. *Du, wir wollen trotzdem glücklich sein*, hieß es da, *gehen wir den – langen? weiten? steilen? – Weg* (jetzt, da ich mich an den Text zu erinnern versuchte, fiel mir nicht mehr ein, mit welchem Adjektiv ich diesen Weg versehen hatte) *zu zweien*. Und dann würde die Wolkendecke über uns vielleicht ein wenig aufreißen und ein Stück blauen Himmel freigeben. Was allerdings, wie ein paar meiner kritischen Schulkollegen feststellten, erst am nächsten Morgen der Fall sein konnte.

Dieser Einwand war zwar ein bisschen ärgerlich, aber auch inspirierend. Denn zweifellos wäre es schön gewesen, mit dem Mädchen, das ich mir vorstellte, dem Mädchen, von dem ich den Kollegen so erzählte, als ob es wirklich existierte, die Nacht zu verbringen und auf den Morgen zu warten. Allerdings ginge das nicht so ohne weiteres, denn sie sei erst sechzehn und müsse um längstens zehn zu Haus sein. Und indem ich so formulierte, hatte ich schon wieder eine Kurzgeschichte im Kopf, in der wir, sie und ich, immerhin bis zwanzig nach neun auf einer wild wachsenden Wiese auf dem Laaer Berg lagen, zwischen Kletten und Mohnblumen, und über unseren Köpfen hing ein roter Mond.

Und da kam uns der Krieg in den Sinn, der vergangene, den wir Gott sei Dank nicht mehr erlebt hatten, aber auch ein womöglich bevorstehender, denn die Spannung zwischen den sogenannten Supermächten wuchs. Raketen mit atomaren Sprengköpfen waren per Schiff unterwegs nach Kuba, dass sie dort ankamen, wollte das Pentagon nicht zulassen. Und vielleicht wäre es gerade unter diesen Umständen richtig gewesen, noch rechtzeitig miteinander zu schlafen. Aber da fiel Silvi, so nannte ich das Mädchen, *trotzdem* ihr Vater ein, der sie ohrfeigen würde, wenn sie erst nach zehn nach Hause kam, und sie strich ihren Faltenrock glatt und sprang auf und rannte, und ich rannte mit ihr bis an die Ecke der Gasse, in der sie wohnte, und dort durfte ich sie nicht einmal mehr küssen.

Verehrter Herr Spielmann,
guten Morgen. Wie geht's? Kommen Sie fein voran mit Ihrer Autobiografie? Wo sind Sie denn jetzt? Sind Sie schon einigermaßen erwachsen? Haben Sie schon die Matura gemacht, oder müssen Sie das noch hinter sich bringen?

Ach ja, stimmt, bevor sie für reif befunden und hinaus ins offene Leben entlassen werden, gibt es gewisse Problemchen. Ihr Oufit. Stimmt's? Und Ihr Haarschnitt. Rate ich richtig? Damit das klarwird, kommt sogar der Direktor in die Klasse. Also wenn jemand glaubt, er kann im schwarzen Rollkragenpullover erscheinen, dann hat er sich getäuscht, zur Reifeprüfung tragen Sie gefälligst ein weißes Hemd und eine Krawatte, und mit Haaren, die über den Hemdkragen hinunterhängen, lassen wir Sie nicht vor die Kommission treten, da schicken wir Sie gleich wieder heim.

Und Sie sagen dann irgendwas Kühnes, etwa so: Das werden wir ja sehen, ob Sie mich wieder heimschicken! Wo steht denn das, dass man zur Matura daherkommen muss wie zu einem Begräbnis, gibt es ein diesbezügliches Gesetz? Und Ihre Fans unter den Mitschülern applaudieren und erwarten von Ihnen, dass Sie konsequent renitent bleiben. Aber am Tag vor der mündlichen Prüfung gehen Sie doch noch zum Friseur, und am Morgen davor werden Sie sich doch noch eine Krawatte umbinden.

Rate ich richtig? War's nicht ungefähr so? Als Sie aus dem Haus auf die Straße treten: ein kühles Gefühl hinter den Ohren und ein ungewohnter Druck am Adamsapfel. Und dann in der Schule die enttäuschten Gesichter Ihrer Anhänger und die feixenden Fratzen Ihrer Feinde. Und das Aufatmen des Klassenvorstands, der es ja gut mit Ihnen meint.

Und wie steht's mit Ihrer männlichen Reife? Ist der erste Geschlechtsverkehr schon absolviert, oder steht er noch bevor? Ich schätze, Sie waren damit ein bisschen spät dran. Obwohl Sie vor den Mitschülern schon früh ganz andere Andeutungen gemacht haben. Wie dem auch sei: So etwas gehört natürlich auch in eine Autobiografie. Was heißt *auch*? Ganz besonders gehört das in so ein Buch! Also wie war's? Wann war's? Mit wem war's? War es Liebe, oder war es bloß Sex? Sie dürfen doch Ihre LeserInnen nicht enttäuschen.

So brachte sich Stein wieder in Erinnerung. Und mich brachte er aus der angenehm launigen Stimmung. Einer Stimmung, in der ich mich ein wenig gefühlt hatte wie ehemals, wenn ich ganz ohne wirkliche oder eingebildete Konkurrenten, ganz ohne die Vorstellung von Bergwertungen und Etappenzielen, einfach frei durch die Landschaft geradelt war. Aber nun, als ich diesen Brief gelesen hatte, war das vorbei, mit diesem Brief stellte sich Stein mir wieder in den Weg.

10

Und dann war er plötzlich auch per E-Mail da:

max.stein@stonemail.com

spielmann! ich hab ihnen das angebot gemacht, die schnitzler-geschichte mit mir gemeinsam zu schreiben. als probegalopp sozusagen. warum haben sie abgelehnt?

Sollte ich antworten? Sollte ich mich aufs Neue mit ihm einlassen? Ich konnte mir doch denken, dass nichts Gutes dabei herauskommen würde. Und doch tat ich es. Ich bin einfach zu harmoniefixiert. Ich reichte ihm den kleinen Finger, obwohl doch klar war, dass er die ganze Hand wollte.

Wollte ich ihm wirklich etwas erklären? Oder hoffte ich, mich durch eine halbwegs glaubwürdige Ausrede in einigermaßen gutem Einvernehmen mit ihm aus der Affäre ziehen, mich herausreden (herausschreiben oder, genauer, herausmailen) zu können?

sehen sie, stein, tippte ich, *ich bin einfach kein guter teamworker. die paarmal, die ich mich auf die zusammenarbeit mit kollegen eingelassen habe, ist das immer schiefgegangen.*

womöglich ist das ja auch an mir gelegen. doch ehrlich gestanden habe ich dabei meist das gefühl gehabt, dass sich die partner bei solchen versuchen eher behindern als beflügeln.

das kann aber auch an den partnern gelegen sein, mailte Stein. *zwischen ihnen und mir – das wäre etwas anderes.*

ach so?, mailte ich. *und woraus schließen sie das?*

das ist doch evident, mailte er. *zwischen uns beiden besteht eine besondere verbindung.*

ich bitte sie, stein!, mailte ich. *was reden sie sich da ein? und vor allem: was wollen sie mir damit einreden?*

ich weiß schon, mailte er. *sie wollen es nicht wahrhaben. aber da ist etwas zwischen uns: so eine konstellation von sender und empfänger …*

jetzt hören sie aber auf!, mailte ich.

aber es muss so sein, mailte er. *wie hätten sie sonst dieses buch über mich schreiben können?*

Hier stoppte ich unseren Mailaustausch fürs Erste. So kurz er gewesen war: Es war höchste Zeit, die Notbremse zu ziehen. Eine Konstellation wie zwischen Sender und Empfänger! Nein, bitte nicht! Das hätte mir gerade noch gefehlt.

Unglücklicherweise hatte ich ehemals, als ich Psychologie studiert hatte, frustriert von der streng naturwissenschaftlichen Ausrichtung dieses Fachs an der Universität Wien, einen Fernkurs in Parapsychologie belegt. Dadurch war ich in Kontakt mit einer Russin gekommen, die mich eine Weile vereinnahmt hatte. In Moskau gab es ja, in nur scheinbarem Widerspruch zur marxistisch-materialistischen Ideologie, ein parapsychologisches Institut. Und Genja, so hieß sie, behauptete, dort einige Semester absolviert zu haben.

Damals gab es ja noch kein Internet, wir korrespondierten also ganz herkömmlich per Post. Aber wir unternahmen auch telepathische Experimente. Vorerst auf mehr als 1500 Kilometer Distanz. Und manches hatte tatsächlich funktioniert.

Oder war ich damals Taschenspielertricks aufgesessen? Das mochte schon sein. Obwohl ich sie bis heute nicht durchschaute. Dass zum Beispiel eine Ikone, die mein Vater aus dem Krieg mitgebracht und von der ich Genja auf ihre Frage nach irgendeinem russischen Gegenstand in meinem Studentenzimmer geschrieben hatte, zu einem genau von meiner Moskauer Brieffreundin angegebenen Zeitpunkt zu schwanken begann, war schon erstaunlich. Diese Ikone, übrigens den heiligen Paulus darstellend (oder war es der heilige Petrus? – jedenfalls ein Mann mit einem langen Bart), diese Ikone, die davor im Fotolabor meines Vaters gehangen war, hatte ich ihm in meiner russophilen Lesephase ausgefochten und dann in meinem Kabinett über dem Bett hängen gehabt; nun hing sie in meinem Studentenzimmer und schwankte.

Stimmt, ich hatte auf dieses Schwanken gewartet. Vielleicht war ich es also selbst, der es herbeigeführt hatte. Aber das wäre ja trotzdem ein parapsychologisches Phänomen gewesen. Ich war also erfahrungsgemäß nicht immun gegen so etwas.

Dass ich von Stein etwas *empfangen* haben sollte, damals, als ich *Steins Paranoia* schrieb … Auf wie immer geartete, parapsychologische Weise … Dass es eine untergründige Verbindung zwischen uns geben sollte, von der wir beide nichts geahnt hatten … Nein, das wollte ich wirklich nicht wahrhaben, das lehnte ich entschieden ab.

Ich wollte auch auf rational durchschaubarere Weise nichts mehr von ihm empfangen. Die Mails, die in den nächsten Tagen noch von ihm kamen, wurden als Spam markiert. Und damit hoffte ich, meine Ruhe zu haben. Oder nein. So naiv kann ich, so wie ich ihn zu diesem Zeitpunkt schon kannte, doch nicht mehr gewesen sein.

Es dauerte keine Woche, bis wieder ein Brief kam. Und diesmal war es ein gewichtiger Brief. Fühlte sich an wie ein Brief von mehreren Seiten. Wieso fiel diesem Menschen bloß so viel ein?

Okay, schrieb er, Spielmann, ich nehme Folgendes zur Kenntnis: Sie wollen nichts glauben, Sie wollen nichts wissen, Sie verweigern sich einfach. Aber wenn Sie die Informationen, die Sie gebraucht haben, um Ihr Buch über mich zu schreiben, nicht unmittelbar von mir empfangen haben wollen (aufgrund einer telepathischen Verbindung, von der wir beide zwar nichts gewusst haben, die aber, und das scheint mir nach wie vor plausibel, bestanden haben muss), dann gibt es nur noch eine Erklärung: Sie sind der miese Typ, der die ganze Zeit über hinter mir hergeschnüffelt hat, diesen Verdacht habe ich ohnehin schon früher gehabt.

Dieser angeblich von meiner Exfrau beauftragte Detektiv, den Sie in Ihrem Buch zwar erwähnen, aber im Vergleich zu anderen Figuren nur sehr schemenhaft zeichnen. Gesichtslos, geschichtslos – verbergen Sie sich hinter dieser Maske? Haben Sie sich an meine Spur geheftet, sind Sie hinter uns hergeschlichen? Zuerst zwischen mir und meiner Tochter und dann hinter mir und Clarissa.

Ach ja, als Schriftsteller kann man dem Vernehmen nach nur eher schlecht als recht leben. Da wäre ein Brotberuf wie Detektiv gar nicht schlecht. Andere, weniger Schlaue, plagen sich mit Nachhilfestunden. Aber der talentierte Herr Spielmann versucht sich als Private Eye.

Klein, aber geheim. War da nicht ein Detektivbüro in der Zeltgasse – oder war das die Josefsgasse? Jedenfalls nicht weit von dort, wo Sie damals gewohnt haben. Ja, mein Lieber, ich weiß inzwischen auch einiges über Sie. Sind Sie in diesem Haus nicht manchmal aus und ein gegangen?

Haben Sie da Ihre kleinen, gemeinen Aufträge angenommen? Scheidungsgeschichten, ja klar, damit hatten Sie ja auch Ihre persönliche Erfahrung. Banale Geschichten. Aber manche davon (wie meine) vielleicht doch ganz interessant. So sind Sie eben auf den Geschmack gekommen.

Und sind die meisten Autoren nicht auch Voyeure? Sie haben doch auch eine Kamera dabeigehabt, stimmt's? Eine kleine Kamera – die Handys, mit denen heutzutage alle alles fotografieren, gab's ja damals noch nicht. Falls Sie die Fotos von mir und Clarissa noch haben – die würden mich interessieren.

Jetzt aber etwas anderes: Sie schauen doch gern aus dem Fenster, habe ich gelesen. Sie, von der Katze flankiert – oder ist das jetzt ein Kater? Also von wegen Paranoia, meiner angeblichen Paranoia, die Sie mir im Türkenschanzpark vorgeworfen haben. Ich empfehle Ihnen, die Nummern der vorbeifahrenden Autos zu beachten.

Schauen Sie, werter Herr Spielmann, und zählen Sie. Wie viele Autos mit Kennzeichen vorbeifahren, in denen Ziffernkombinationen wie 88, 18 oder 618 vorkommen. Zählen Sie, sagen wir, nur zwanzig Minuten: Sie werden auf ein zweistelliges Ergebnis kommen.

Nein, ich wollte das nicht überprüfen. Mich nicht von Steins Paranoia anstecken lassen. Aber auch, wenn ich seinen fragwürdigen Empfehlungen nicht nachkam: Ein gewisses Unbehagen, das mich dadurch beschlich, konnte ich nicht verleugnen.

Dass ich nun wieder schlecht schlief, wird niemand wundern. Nachts drehte ich wieder viele Runden um den Esstisch im Wohnzimmer. Wenn ich dann auf dem Sofa einschlief, die Beine angewinkelt – zwischen den Armlehnen war ja kaum eine andere Stellung möglich –, so war es meist nur eine kurze Schlafetappe, die mir vergönnt war. Die Etappe einer Rundfahrt durch ein zu enges Land, in der ich, so kurz die Etappen waren, stets schon vorweg erschöpft über dem Rennlenker hing.

Dann stand ich wieder auf und ging hin und her. Und manchmal trat ich trotz allem noch immer ans Fenster. Es war gegen Ende Oktober, es wurde erst spät hell. Aber auch unter dem Licht der im Wind schwankenden Neonröhren las ich unwillkürlich die eine oder die andere Autonummer.

Und Stein verstand es, alles noch schlimmer zu machen. Das ist doch ein Parterrefenster, an dem Sie stehen, schrieb er. Da kommen doch morgens und mittags Horden von Schulkindern vorbei. Schauen Sie, wie viele von diesen lieben Kleinen T-Shirts oder Pullis tragen, auf deren Brust oder Rücken die obenerwähnten Nummern prangen.

Unschuldige Kinder wahrscheinlich, die nicht wissen, was

ihnen da über den Kopf gezogen wurde. Von vermutlich unbedarften Eltern – wollen wir das einmal guten Glaubens annehmen. Von Eltern, die nicht wissen, was sie ihren Kindern da in einer der großen Kaufhausketten oder auch in einer der netten, adretten Boutiquen gekauft haben. Doch auch wenn viele nicht verstehen, was diese schwarzmagischen Zahlen bedeuten, manche verstehen es sehr wohl und nehmen es zur Kenntnis: Wir sind da. Wir sind im Kommen. We are the champions.

Aber das sind doch Verschwörungstheorien, sagte Paula.

Ja, sagte ich. Natürlich. Ich weigere mich ja auch, daran zu glauben.

Du solltest die Briefe, die dir dieser Verfolgungswahnsinnige schickt, gar nicht mehr öffnen, sagte sie.

Du hast recht, sagte ich. Aber einen öffnete ich doch noch.

Ein kurzer Brief war das:

Sehr geehrter Herr Spielmann. Haben Sie keine Angst um Ihren Kater? Sitzt er nicht manchmal allein auf dem Fensterbrett? Während Sie, schon wieder an den Laptop zurückgekehrt, noch immer/schon wieder an Ihrer Autobiografie schreiben?

Was ist, wenn ihn einfach die Abenteuerlust packt und er in die weite Welt hinausspringt? Okay, es heißt, eine Katze hat sieben Leben. Aber Ihr Kater ist nicht mehr der Jüngste, hat er die sieben Leben nicht schon verbraucht? Wie dem auch sei. Ich finde, Sie sollten besser auf ihn aufpassen.

Als ich diese paar Zeilen gelesen hatte, trat ich rasch ans Fenster. Einen Moment lang hatte ich die Idee, Stein würde an der Ecke vis-à-vis stehen. Neben dem Einbahnzeichen. Er würde dort stehen und zu mir herüberschauen. Aber ich hatte mich geirrt. Dort drüben stand niemand.

Schreiben Sie, Spielmann, bitte schreiben Sie! *Ich habe gehofft, meinen Fehler noch korrigieren zu können. Zuerst eine Woche nach jenem fatalen Dienstag. Als ich Ruth wieder in ihren Theaterkurs gebracht hatte.*

Es war ein Theaterkurs wohlgemerkt, kein Tanzkurs. Aber so viel ist schon wahr: Die Art, wie dort agiert wurde, hatte etwas Tänzerisches. Ich habe ja anfangs ein bisschen zusehen dürfen. Sie haben Szenen aus dem Sommernachtstraum geprobt.

Sieben oder acht Kinder in Ruths Alter, mehr Mädchen als Burschen. Wir alle sind Puck, hat es geheißen, aber meines Erachtens war nur Ruth der wahre Puck. Ein Schelm, ein Kobold, ein lustiger, aber in manchen Momenten auch fast erschreckender Irrwisch. Es war allerdings nicht erwünscht, dass Eltern zu lang zusahen.

Die Kids, so hieß es, sollten sich nicht beobachtet fühlen. Okay, für gewöhnlich ging ich dann ein paar Schritte … Ließ mich ein bisschen durch die Innenstadt treiben. An diesem Dienstag allerdings hatte ich etwas Konkreteres vor.

Zum Zeitungskiosk am Schottenring wollte ich gehen. Nicht erst nachher, mit Ruth, sondern schon vorher. Lieber noch ohne sie, um ehrlich zu sein. Denn es war nicht absehbar, was passieren würde.

Haben Sie das, Spielmann? Wissen Sie, es ist wichtig. *Meine Hoffnung war, den Mann, der diesen unseligen Satz gesagt hatte, dort anzutreffen. Und ihn zu stellen. Das heißt, ihn zur Rede zu stellen. Spät, aber doch. Vielleicht war es noch nicht zu spät.*

Der Satz, den er gesagt hatte, der Satz, dem niemand widersprochen hatte, auch und besonders ich nicht, war zwar bereits im Umlauf … Da und dort hatte ich diesen Satz oder sehr ähnliche Sätze inzwischen schon gelesen oder gehört … Aber vielleicht konnte ich, der ich mich daran schuldig fühlte, und der ich mir diese Schuld immerhin eingestand, doch noch etwas tun … Etwas, um noch Schlimmeres zu verhindern.

Ich hätte gesagt, was ich schon eine Woche vorher zu sagen gehabt hätte … Und wenn ich es überzeugend gesagt hätte - wer weiß, vielleicht hätte das den Mann, dem damit widersprochen worden wäre, beeindruckt … Und womöglich hätte er einen Augenblick nachgedacht und sich besonnen … Und er hätte den bösen Satz zurückgenommen, zurückgepfiffen, und alles wäre noch fast gut geworden.

Aber wenn nicht - was hätte ich dann getan? - Sehen Sie, Spielmann, Sie beschreiben mich als etwas zu sanftmütig. *Vielleicht hätte ich den Mann dann am Revers gepackt und ihn gerüttelt und geschüttelt. Und am liebsten hätte ich ihm den Satz, der eine Woche vorher aus seinem Mund gekommen war, nun in diesen Mund zurückgestopft.*

Aber so oder so - der Mann erschien nicht. Weder an diesem Dienstag noch am nächsten. Und auch am übernächsten Dienstag nicht. Und so verbreitete sich der Satz, den er gesagt hatte, weiter.

11

Wohin?, fragte der Fahrer. Zum Rundfunk, sagte ich. Zum Fernsehen auf dem Küniglberg, fragte er, oder zum Hörfunk in der Argentinierstraße? In die Argentinierstraße, sage ich, zum Funkhaus. Der Fahrer brummte irgendetwas, das ich nicht verstand, aber er fuhr los.

Ich saß auf dem Rücksitz und nahm die Blätter mit meinen Notizen aus der Aktentasche. Ich wollte noch einmal lesen, was ich mir notiert hatte. Die halbe Nacht hatte ich darüber nachgedacht. Was ich sagen könnte, was ich sagen sollte, was ich auf keinen Fall vergessen wollte.

Draußen, am Straßenrand, die neuen Wahlplakate. Van der Bellen im Trachtenanzug, mit Hund an der Seite und mit Landschaft im Hintergrund. Nicht ganz überzeugt sah er drein, sein Lächeln wirkte ein bisschen verlegen. Aber man dürfe den Begriff und vor allem das Gefühl Heimat nicht den Rechten überlassen.

Die hatten ihn aber schon allzu lang okkupiert. *Daham statt Islam* – sie hatten einen Dichter unter sich, der wusste, was im Volk gut ankam. Der kandidierte aber nicht, so wie er dreinsah, scharfer Blick durch die Brille, Dreitagebart, hätte er *dem Volk* – soll heißen *den Leuten*, also zum Beispiel den Patrioten, die im Stadion immer wieder *Immer wieder* sangen: *Immer wieder/immer wieder/immer wieder Österreich*, was immer das heißen mochte, doch hoffentlich nicht, dass wir immer wieder oder jedenfalls häufig im letzten Moment, in der letzten Minute oder sogar noch in der Nachspielzeit, das Tor bekamen, das wir nicht bekommen durften – denen, dem Volk, hätte dieser Herr vermutlich nicht so gut gefallen wie seine tümlichen Reime. Der Kandidat, der zum Staatsoberhaupt gewählt werden sollte, jetzt endlich, letztendlich, der Mann mit dem sanften Lächeln und dem kornblumenblauen Blick, der Mann mit dem heimattreuen Namen Hofer, wollte ein Präsident für alle sein: ein Präsident für alle wahren und anständigen: Österreicherinnen und Österreicher. Und dafür rechnete er nun sogar mit Gottes Hilfe, tatsächlich, das stand auf seinen Plakaten: *So wahr mir Gott helfe*.

Was einem so einfällt im Taxi, an Wahlplakaten vorbeifahrend. Oder im Stau steckend, zwischen Volkstheater und Secession. Etwas davon wollte ich meinen Notizen noch hinzufügen. Aber es fiel mir nicht leicht, leserlich zu schreiben.

Außerdem lenkte mich der Fahrer nun ab.

Sind Sie Rundfunkmitarbeiter?

Nein, sagte ich. Ich bin Schriftsteller.

So, sagte er. Aber Sie haben etwas im Rundfunk zu tun.

Ja, sagte ich, manchmal. Heute soll ich ein Interview geben.

Sie haben also Kontakt zu den Leuten, die Sendungen machen?

Nicht wirklich, sagte ich.

Was heißt, nicht wirklich, sagte er – entweder oder?! Sagen Sie denen, sie sollen nicht so viele Lügen verbreiten.

Was denn für Lügen?, fragte ich.

Na, die Lügen über alles!

Ich weiß nicht mehr, was ich darauf gesagt habe, aber es schien ihn nicht zu überzeugen. Sie gehören halt auch *zu denen*, sagte er. Dann konzentrierte er sich auf den Verkehr. Ob er Gas gab oder bremste, beides fühlte sich unangenehm aggressiv an.

Dann saß ich im Studio, Kopfhörer an den Ohren. Sagen Sie etwas, sagte der Tonmeister jenseits der Glasscheibe, die Hand am Lautstärkeregler.

Eins, zwei, drei …, sagte ich.

Etwas näher ans Mikro bitte, sagt der Tonmeister.

Das mochte ich gar nicht – so nah am Mikro würde ich schielen müssen, wenn ich auf meinen Notizzettel sehen wollte.

Österreich …, sagte ich.

Nicht am Mikro vorbei sprechen, sagte der Tonmeister.

Österreich als Versuchsstation …

Etwas lauter, bitte.

Österreich als Versuchsstation für Weltuntergänge – also bei allem Respekt für Karl Kraus …

Und nicht mit dem Papier rascheln, sagte der Tonmeister.

Der junge Mann hatte wirklich Talent, mich zu ärgern. Hören Sie, wollte ich sagen, ich bin schon in Rundfunkstudios gesessen, da sind Sie wahrscheinlich noch in der Krabbelstube herumgekrebst. Ich weiß schon ungefähr, wie man sich hier verhält. Aber in diesem Moment wurde die Leitung nach Köln freigegeben.

Herr Spielmann, sagte der Interviewer, Sie gehören ja, heißt es, zu den eher Stillen im Lande Österreich … Obwohl Sie – den Eindruck gewinnt man, wenn man in Ihren Büchern blättert – einiges zu sagen hätten … Nun wollten wir ganz bewusst nicht wieder einen oder eine der üblichen Verdächtigen befragen (hier nannte er die Namen etwas häufiger gefragter Kolleginnen und Kollegen), sondern eben Sie, einen Autor, der doch in einigen seiner Romane (hier nannte er, wenn auch etwas ungenau, ein paar Titel von mir geschriebener Bücher) buchstäblich an der neueren Geschichte seines Landes entlang (hier suchte er nach einem passenden Wort) … fabuliert. Also es würde uns interessieren, wie Sie, die gegenwärtige Stimmung in der Alpenrepublik … und so weiter und so fort.

Eine Viertelstunde später verließ ich das Studio mit dem Gefühl, zu viel gesagt zu haben, was ich nicht hatte sagen wollen, und zu wenig von dem, was ich zu sagen beabsichtigt hatte. Wohl hatte ich das Karl-Kraus-Zitat über Österreich als Versuchsstation für Weltuntergänge untergebracht, aber seine Relativierung, die natürlich wichtig gewesen wäre, nur ansatzweise. Dass dieses zu oft zitierte Diktum doch hoffentlich eine Übertreibung sei, dass man den Unterschied zwischen der Zeit um und nach dem Ersten Weltkrieg und unserer jetzigen Zeit, den Unterschied zwischen dem Österreich von damals und dem Österreich von heute, bei allen Spannungen, die hier neuerdings wieder spürbar seien, trotz all der Gräben, die sich da unversehens wieder aufgetan hätten, bedenken müsse. Kaum hatte der Interviewer das Wort Übertreibung gehört, fiel ihm das Wort Übertreibungskunst ein, und schon waren wir bei Thomas Bernhard und manchen von seinen Übertreibungen, die, wenn man die aktuelle Entwicklung so ansah, vielleicht keine mehr waren.

Was ich auf jeden Fall hätte erzählen müssen:

Aber warum *hatte* ich nicht? Warum hatte ich mir das Wort abschneiden lassen?

Tut mir leid, hatte der Mann im Kölner Studio gesagt, aber unsere Sendezeit …

Und rasch hatte ich ein abschließendes Statement gestottert, statt es zumindest mit einer Kurzfassung dieser Geschichte zu versuchen.

Eine Erinnerung an den vergangenen Mai. Der Morgen, an dem wir in San Vito erwachten. Am Tag davor hatten Paula und ich noch in Wien gewählt, aber dann waren wir endlich losgefahren. Erst um Mitternacht waren wir dort unten angekommen, in diesem Ort, den wir seit Jahrzehnten liebten, und nach einem Blick auf die Terrasse, über der, wie es sich gehörte, mehr Sterne zu sehen waren als daheim, waren wir ins Bett gefallen.

Und dann, weißt du noch, würde ich zu Paula sagen, die diese Geschichte natürlich kannte, aber der ich sie trotzdem erzählen wollte, mir selbst zum Trost. Weißt du noch, wie wir frühstücken waren, in Angelos Bar? Die war offen, obwohl Montag war – ach ja stimmt, es war *Pfingst*montag. Und da lagen die Zeitungen auf dem Tisch, die Repubblica und die Stampa.

Und da: Die Schlagzeilen! Erinnerst du dich an die Schlagzeilen?

Austria ferma l'estrema destra d'Europa – Österreich stoppt die extreme Rechte Europas.

Und erinnerst du dich, was Angelo gesagt hat? Auguri, Glückwünsche!

Weißt du noch? Da waren wir stolz auf Österreich.

12

Das hätte ich Paula gern erzählt. Aber es ergab sich nicht.

Der Kater ist weg!, sagte sie, kaum, dass ich zur Tür hereingekommen war.

Was heißt, er ist weg?, sagte ich. Bemüht, mir den Schreck darüber nicht anmerken zu lassen. Er wird schon wo sein. Im Hof oder auf dem Dach oder über der Mauer im Klostergarten …

Ich weiß nicht, sagt Paula. Ich hab so ein banges Gefühl.

Seit Stunden rief sie immer wieder nach ihm. Sie rief und rief, doch der Kater rührte sich nicht.

Das kommt doch öfter vor, sagte ich, dass er etwas länger unterwegs ist.

Stimmt, sagte Paula. Und da habe sie sich nie besondere Sorgen gemacht. Aber heute sei sie eben beunruhigt. Dabei war vorerst alles noch ruhig und friedlich. Sie sei am Schreibtisch gesessen und habe gearbeitet, es war nett, ab und zu den Blick vom Bildschirm weg zu heben und in den Hof hinauszuschauen.

Ein überraschend schöner Tag nach dem andauernden Schlechtwetter. Da habe sie Murlo draußen liegen gesehen. Auf einem Fleck, auf den um diese Zeit, gegen vier, noch ein paar Sonnenstrahlen gefallen seien. So entspannt habe er sich geräkelt, dass sie nicht widerstehen konnte und ihre Arbeit am Computer unterbrochen habe.

Nicht nur, um ihn am Bauch zu kraulen, obwohl er das

offenbar erwartet habe, sondern auch, um ihn zu fotografieren. Ein paar ganz simple Schnappschüsse bloß, mit dem Handy. Dabei sei ihr allerdings schon ein merkwürdiger Gedanke gekommen. Vielleicht seien die Fotos, die sie da von ihm aufnehme, die letzten.

Aber dann habe sie diesen Gedanken verscheucht. Und sich rasch zurück an den Schreibtisch gesetzt. Mit der neuen Website für Greenpeace, die sie gestalten sollte, war sie ohnehin in Verzug. Die sollte eher heute fertig werden als morgen. Also habe sie konzentriert weitergearbeitet. Und längere Zeit nicht mehr aus dem Fenster geschaut. Bis sie da draußen auf einmal eine Bewegung bemerkt habe. Eine Bewegung, sagte sie. Und einen Schatten.

Da ging dann ein fremder Mann im Hof hin und her. Stand herum, schaute in die Fester der leerstehenden Wohnung gegenüber. Und das sei, habe sie gedacht, wahrscheinlich ein Interessent für diese Wohnung. Deswegen musste sie den Satz, an dem sie gerade schrieb, nicht unterbrechen.

Sie wunderte sich allerdings, dass die Vermieterin nicht dabei war. Wie war der Mann ohne die hereingekommen? Doch heutzutage hat ja schon fast jeder Handwerker einen Generalschlüssel. Vielleicht war dieser Mann ein Baupolier, der in Augenschein nahm, was da drüben noch repariert werden sollte.

Obwohl er nicht ganz so aussah. Jedenfalls hatte er, glaubte sie sich zu erinnern, keine Arbeitskleidung an, sondern einen kurzen Mantel. So einen Übergangsmantel, eine Art Trenchcoat. Aber sie hatte ihn nur aus den Augenwinkeln gesehen, sie wollte sich ja nicht weiter ablenken lassen.

Doch dann auf einmal erschrak sie, denn da hatte sie den

Verdacht, dass die Tür zum Flur offen stand. Und sie sprang auf und lief hinaus in den Hof. Und richtig, so war es: Die Flurtür war nicht geschlossen. Und nicht nur das: Das Haustor stand ebenfalls offen.

Und wozu hatten wir den Zettel dort angeklebt, dass das Tor bitte sorgfältig geschlossen werden sollte? Nicht nur, weil wir den Verkehrslärm nicht hören wollten, sondern auch, weil der Kater nicht hinaus auf die Straße laufen sollte. Und das hätte Paula dem Mann, der sich offenbar nicht darum gekümmert hatte, rücksichtslos, gern nachgerufen – aber war der überhaupt noch da? Drüben, auf der anderen Straßenseite, wurde gerade die Tür eines weißen Kastenwagens zugeworfen, doch ob der Mann, der dann gleich losfuhr, derselbe war, den sie zuvor im Hof gesehen und der dann wahrscheinlich das Haustor offen gelassen hatte, dessen war sie sich nicht sicher.

Aber es sei doch gar nicht gesagt, dass Murlo … Nur weil das Haustor kurz offen gestanden sei … So versuchte ich Paula zu beruhigen. Aber ich hatte ein schlechtes Gewissen dabei.

Ich hatte ihr nichts von Steins letztem Brief erzählt. Ich hatte sie eben nicht beunruhigen wollen. Und jetzt … Natürlich war nicht gesagt, dass zwischen Steins merkwürdiger Warnung und der plötzlichen Abwesenheit des Katers ein Zusammenhang bestand. Aber ganz auszuschließen war es nicht.

Anderseits: Was hätte denn Stein, falls er etwas mit dem Verschwinden Murlos zu tun hatte, davon gehabt? Das ergab doch überhaupt keinen Sinn. Es sei denn, er hätte aus purer Bosheit gehandelt. Aber das traute ich ihm denn doch nicht zu.

Damit beruhigte und entlastete ich mich selbst. Komm, sagte ich zu Paula, gehen wir systematisch vor. Von innen nach außen. Suchen wir zuerst in der Wohnung und dann im Hof. Und so weiter. Falls nötig. Aber das werden wir ja sehen.

Vielleicht lag der Kater im hintersten Winkel unter dem Bett. Oder er saß in der großen Olivenholzschüssel oben auf der Kredenz. Oder er hatte sich mit seiner kräftigen Pfote eine der Türen zum Schrank geöffnet. Und lag jetzt zusammengerollt auf Paulas Wäsche – da kamen viele Fächer in Frage.

Das war ja, bitteschön, alles schon da gewesen. Katzen kommen manchmal auf recht ausgefallene Ideen. Ab und zu macht es ihnen vielleicht auch Spaß, sich zu verstecken. Dann rufst du sie, und die Viecher rühren sich nicht.

Es konnte ja übrigens auch sein, dass er depressiv war. Murlo. Nach einem verlorenen Kampf mit einem Konkurrenten. Nicht selten kamen Rivalen aus den benachbarten Höfen. Die glaubten, sie konnten ganz einfach in sein Revier eindringen, das musste er dann selbstverständlich verteidigen.

Und leider blieb er dabei nicht immer Sieger. Wir hatten ihn kastrieren lassen, das hätten wir ihm nicht antun sollen, das war wahrscheinlich ein Handicap. Nimbusmäßig, wenn du verstehst, was ich meine. Es ist ohne weiteres möglich, dass er sich irgendwohin verkrochen hat.

Wie wir dann im Hof standen und nach ihm riefen. Murlo, riefen wir, Murloliebling, wo bist du?! In der Mitte des Hofs standen wir und drehten uns im Kreis. Wir spähten in die Krone des verstümmelten Kastanienbaums, wir bückten uns unter den falschen Fliederbusch, wir lugten in die dunkle Enge hinter dem zum Geräteschuppen heruntergekommenen Salettl.

Kein Murlo. Schließlich stiegen wir noch über die hölzerne Wendeltreppe zum Dachboden hinauf. Und über die steinernen Stufen hinunter in den Keller. Vielleicht war er ja verletzt und lag da irgendwo. Aber die Verletzung würde hoffentlich nicht so schlimm sein, ein Kratzer mehr auf der Nase, ein noch etwas komischer ausgefranstes Ohr …

Schließlich holte ich noch die lange Leiter und kletterte aufs blecherne Dach des Geräteschuppens. Sei vorsichtig, rief Paula. Aber ja, rief ich. Tu dir nicht weh, rief Paula. Mein blödes Bein tat ohnehin weh, da musste ich nichts dazutun. Ist er da oben?, rief Paula. Nein, sagte ich. Von der toten Taube, die da verfaulte, sagte ich lieber nichts.

Schreiben Sie, Spielmann! *Dieser Satz metastasierte. Dieser Satz, den ich nicht aufgehalten habe, zu unentschlossen, zu langsam, zu feig. Und daran habe ich mich schuldig gefühlt, das war mein Versäumnis. Denn vielleicht war ja gerade dieser Satz mein Satz, nicht nur gegen mich und meinesgleichen gesprochen, sondern auch für mich. Damit ich ihm widerspreche.*

Aber wer wird das heute noch verstehen? Heute, da solche Sätze alltäglich allnächtlich aus dem Internet triefen? Und ab und zu, hier und da, allenthalben werden solche Sätze, Verwandte jenes vor Jahren gesprochenen Satzes, auch lauthals gesagt. Das wird man doch, heißt es dann noch (oder wieder), sagen dürfen, das ist ja inzwischen beinahe schon common sense.

Schreiben Sie, Spielmann, tippen Sie das mit härtestem Anschlag. *Es geht nicht nur um antisemitische Sätze, um judenfeindliche Sätze, von denen sich unsereins persönlich betroffen fühlt. Es geht um menschenfeindliche Sätze, durch die Menschen zu Mindermenschen erklärt werden. In fast jeder Diskussionsrunde ist inzwischen mindestens einer oder eine dabei, der oder die solche Sätze absondert, aufgeblasen von einem bösen Zeitgeist.*

Man treibt uns sukzessive die Empathie aus. Wir werden uns an hässliche Bilder gewöhnen müssen - erinnern Sie sich an diesen perfiden Satz? Gesprochen von einem dieser coolen jungen Männer, die jetzt nach oben streben. So cool, dass mir kalt ums Herz wird, wenn ich sie sehe und höre.

Wir werden uns an hässliche Bilder gewöhnen müssen - inzwischen haben sich viele daran gewöhnt. Er hat also recht behalten, dieser Bub. Ein talentierter Mensch -, Sie werden sehen, aus dem wird noch was.

Wir hatten ein Fahndungsplakat gebastelt und in zwei Formaten (A5 und A4) kopieren lassen. Darauf war Murlo zu sehen, wie er auf Paulas Sekretär lag, neben der Vase mit den Palmkätzchen. Das war allerdings ein Jugendfoto, und sein Fell hatte auf den Kopien nicht ganz die Farbe, die es in Wirklichkeit hatte. Aber man würde ihn, hofften wir, trotzdem erkennen.

Mit einem Klebeband und einem Stoß solcher Plakate waren wir viel unterwegs. Paula, zugegeben, etwas mehr als ich. Bei Wetter und Wind lösten sich die Plakate, die sie im Freien angebracht hatte, und mussten aufs Neue befestigt oder durch neue ersetzt werden. In den Lokalen und Geschäften kam sie mit vielen freundlichen Leuten ins Gespräch, die selbst Katzen hatten oder gehabt hatten.

Natürlich standen auf dem Plakat auch unsere Namen und unsere Adresse. Samt Hinweis auf eine kleine Belohnung, die gegebenenfalls bezahlt würde. Und – ja, es gab auch Rückmeldungen, in der Umgebung streunten, so wie es aussah, eine Menge mehr oder minder schwarzer Kater. Aber leider, es handelte sich nie um den richtigen.

Wie mir der Kater abging! Erst jetzt fiel mir auf, wie sehr ich mich daran gewöhnt hatte, dass er in meiner Nähe saß und schnurrte. Dieses Schnurren der Katzen, was für eine beneidenswerte Fähigkeit! Good Vibrations, mit denen es ihnen gelingt, zu allererst sich selbst in eine Stimmung entspannter Gelassenheit zu versetzen. Aber wenn die Menschen ihrer Umgebung dafür empfänglich sind, dann überträgt sich etwas von dieser Stimmung auf sie.

Gerade in den letzten Wochen hatte mir Murlos Schnurren sehr geholfen. Wenn er auf dem Blumentisch, der zwischen meinem Schreibtisch und dem Fenster stand, Platz genommen hatte und sich einschnurrte, hatte ich mich (oder hatte *er* mich) schon ein wenig beruhigt. Denn eine gewisse Unruhe war ja ständig in mir, nicht erst, seit ich mir Steins Stalking zugezogen hatte. Jetzt blieb der Katerplatz auf dem Blumentisch leer, und ich versuchte mich statt mit Murlos Schnurren mit Musik zu beruhigen, mit Madrigalen von Monteverdi und Palestrina zum Beispiel – aber die waren eben bloß Ersatz.

Wann haben Sie unsere Verfolgung aufgenommen, Spielmann? Wo haben Sie sich an unsere Fersen geheftet? Jetzt stellen Sie sich nicht dumm, jetzt hören Sie auf mit dem Versteckspiel! Spielmann, wir wissen, dass Sie hinter uns her waren!

Vom ersten Moment an, nicht wahr? Dort vor dem Kiosk … Als Clarissa mich ansprach. Schon waren Sie dabei … Klick: gleich der erste Schnappschuss. Klick: schon der zweite … Und bestimmt haben Sie auch Audioaufnahmen gemacht.

Gut ausgerüstet. Auch wenn die Geräte damals noch nicht so perfekt waren. Für Ihre Zwecke waren sie gut genug … Und dann hatten Sie also Ihr Foto- und Tonbandmaterial … Na und? Was beweist das? Allenfalls, dass es Clarissa wirklich gibt.

Stein liest: *Und akkurat dort sprach Clarissa ihn an. Die Kontaktaufnahme an ausgerechnet diesem Ort hat der Dozent, der Stein später behandelte, bezweifelt … Er sei, ehrlich gesagt, überhaupt skeptisch in Bezug auf diese Clarissa … Wer wisse, ob diese Clarissa, irgendwo anders als in Steins Kopf existiere.*

Stein lacht. Ich bitte Sie, Spielmann, dieser Dozent! Dieser Dozent und seine spitzen

Formulierungen. Wer wisse, ob diese Clarissa, irgendwo anders als in Steins Kopf …

Stein lacht. Sein Komplize lacht auch. Er hat eine knabenhafte Stimme.

Schreiben Sie, Spielmann: CLARISSA. Den Namen schreiben Sie in Versalien. *Der Dozent, der mich später behandelte, bezweifelte ihre Existenz. Diese These habe ich mir verbeten. Diese These verbat sich auch meine Frau.*

Ihr wäre es lieber gewesen, es hätte diese Person, wie sie Clarissa nannte, nie gegeben.

Aber der Detektiv, den sie auf meine Spur gesetzt hatte, konnte ihre Existenz beweisen.

Stein versetzt mir eine steinharte Kopfnuss.

Sie mieser Schnüffler! Ohne Sie wäre unsere Ehe vielleicht aufrecht geblieben.

Diese Person auf dem Foto. Was will sie von dir?

Diese zu junge Person. Was hast du mit ihr?

Sie hat mich angesprochen, sagte ich. Akkurat dort, vor dem Kiosk, hat sie mich angesprochen.

Eine Frau, die dich anspricht?

Ja, sagte ich, eine Studentin.

Eine Studentin aus den Vereinigten Staaten. Es gehört zu ihrer Recherchenarbeit, Leute auf der Straße anzusprechen. Mit Kassettenrekorder und Mikrofon. Sie schreibt eine Dissertation über unsere gegenwärtige Situation.

How does it feel to be an Austrian these days.

Only some questions, sagte sie, nur ein paar Fragen.

Die meisten Leute wollten sich nicht darauf einlassen.

Ich vorerst auch nicht, sagt Stein. Später schon.

Schreiben Sie, Spielmann, schreiben Sie schon, Sie Schuft!

Ja, diese Frau und ich, wir trafen uns öfter. Wir kamen uns näher. Wir wurden intim miteinander. Um das zu beweisen hätten sie sich nicht so exponieren müssen.

Nach unserer ersten (zufälligen?) Begegnung dort vor den Kiosk an der U-Bahnhaltestelle, trafen wir uns ein paar Mal im Café Schottenring.

Erzählen Sie mir was, sagte sie.

Aber was soll ich denn erzählen?, fragte ich.

Irgendetwas liegt Ihnen doch auf der Seele.

Ich brauchte lang, bis ich ein paar Worte herausbrachte.

Aber Clarissa hatte Geduld mit mir. Nachdem ich ihr offenbar als eher ungewöhnliches Exemplar der Spezies erschienen war, über die sie forschte. Keiner mit einem so dehnbaren Gewissen wie der Präsident, den sie auch interviewt hatte. Stein lacht. Jemand im Hintergrund lacht mit.

Leichter als sie gedacht habe, sei es gewesen, erzählte Clarissa, einen Termin bei Waldheim zu bekommen. Sie habe den Eindruck gehabt, dass man dort, in der Hofburg, geradezu erleichtert gewesen sei, dass sich endlich wieder einmal jemand für den Präsidenten interessierte. Das war schon die Zeit seiner großen Einsamkeit. An der schmalen Tapetentür, die zu seinen Amtsräumen führte, habe er sie erwartet und den Sekretär, der sie bis dorthin begleitet hatte, weggeschickt.

Kommen Sie weiter, sagt der Präsident. Ein hagerer, von den Anschuldigungen, die ihn zweifellos belasteten, schon deutlich gebeugter Mann. Auf dem barocken Besprechungstisch hat er schon alles vorbereiten lassen. Jede Menge Papiere und Bücher sind darauf ausgebreitet, draußen, jenseits der hohen Fenster mit den hellen Vorhängen, der Heldenplatz.

Poor old Waldheim, er will sich rehabilitieren. Auch ihr gegenüber, einer schlichten

Studentin aus den Staaten, die ihn auf die Watchlist gesetzt haben. Er hat doch damals, lang vor seinen schönen Jahren als UN-Generalsekretär in New York, da unten auf dem Balkan, wo er mit gewissen Vorfällen, mit denen man ihn jetzt in Verbindung bringt, nichts zu tun gehabt hat, nur seine Pflicht erfüllt, wie Tausende und Abertausende seiner Landsleute. Nur meine Pflicht, verstehen Sie Fräulein, sonst nichts.

Als sie gegangen sei, habe sie Waldheim noch an die Tür begleitet. Und als sie ihm, zögerlich aber doch, die Hand reichen wollte, da habe er - so tief gebeugt wie er schon war - diese Hand *geküsst*. Ihr erster Impuls sei gewesen, sie rasch zurück zu ziehen, in den weiten Ärmel ihrer Bluse. Aber im selben Moment habe er ihr beinahe leidgetan.

Diese Geschichte hat der Dozent, der Stein therapiert hat, natürlich erst recht nicht glauben wollen. Man hätte doch eine Person wie diese Clarissa nicht so ohne weiteres zu Waldheim vordringen lassen. Sie hätte eine Attentäterin sein können, eine Terroristin oder ganz einfach eine Verrückte. Aber diese Geschichte ist wahr, sagt Stein, Clarissa hat mir die Tonbandkassette mit Waldheims Stimme mehrere Male vorgespielt.

Nur meine Pflicht, sonst nichts, verstehen

Sie, Fräulein. Eine eigenartig dünne Stimme war das, mit einem fast flehenden Unterton. Oder nein, es war eher ein Oberton. Eine eigenartig hohe Stimme, schon fast am Versagen.

Clarissa hat mich das mehrmals hören lassen. Allerdings nicht in einem der Kaffeehäuser, in denen wir uns trafen - nach dem Café Schottenring etwa dem Café Votiv oder dem Café Rathaus, dem Café Eiles oder dem kleinen Café Auersperg. Sondern schon in dem kleinen Hotel, in dem sie wohnte, diesem Hotel in der Buchfeldgasse, mit den Lüstern aus Bleikristall im Foyer und diesem Geruch wie in einem alten Kino. In den ersten zwei Tagen blieben wir noch unten in der Lounge sitzen, aber am dritten gingen wir hinauf in ihr Zimmer, zu Fuß über die Treppe, der Lift war defekt, aber der Mann an der Rezeption schaute weg.

Sie nicht, Spielmann. Was war Ihr Motiv? Meine Frau kann Sie doch nicht so gut bezahlt haben. Hat Ihnen die Bespitzelung Spaß gemacht? Sind Sie sich interessant vorgekommen als Mini-Sam-Spade, als Pocket-Marlowe? Wie läppisch, Spielmann! Das hätte ich nicht von Ihnen gedacht.

Warum haben sie nicht einfach wegschauen können? Warum musste meine Geschichte, in die sie sich auf so indiskrete Weise eingemischt haben, diese Wendung nehmen? … Stimmt, in meiner Ehe mit Brigitte war nicht mehr alles in Ordnung … Aber warum haben sie dazu beitragen müssen, sie endgültig kaputt zu machen?

Weil Ihre eigene Ehe kaputtgegangen ist? … Das war doch so, oder? Das muss doch auch ungefähr damals gewesen sein … Dass Sie aus Ihrer ehelichen Wohnung ausgezogen sind oder hinausgeflogen sind … Dass Sie auf einmal dagestanden sind als unversehens wieder Vereinzelter.

Das stimmt doch, nicht wahr? Spielmann, jetzt nicken Sie gefälligst! Eine Weile haben Sie dann in einer Schrebergartenhütte gewohnt, die Ihnen Ihr alter Schulfreund Walter zur Verfügung gestellt hat. Aber das war natürlich keine Dauerlösung. Die Hütte war nicht winterfest und der Winter würde bald kommen.

Und dann haben Sie also eine Wohnung zu suchen begonnen. Sie haben Annoncen studiert, Realitätenbüros aufgesucht, Vermittlungsgebühren bezahlt. Sie haben viel Zeit darauf verschwendet, von einem Stadtteil in den anderen zu fahren und sich von redseligen Maklern durch leerstehende Räume führen zu lassen, die Ihnen meist schon beim Übertreten der Schwelle unsympathisch waren. Genau wie ich. Oder ich genau wie Sie. Diese erstaunlich parallelen Erfahrungen.

Die meisten Wohnungen, die uns angeboten wurden, haben uns gleich beim ersten Blick, den wir in sie hineingeworfen haben, abgestoßen. Diese hier nicht, sie hat uns angezogen. Genau, das haben Sie ganz richtig beschrieben. Fragt sich nur, um wen geht es hier, um Sie oder um mich?

Aber das mit dem Selbstmordversuch lasse ich mir nicht anhängen. Aus dem Fenster springen, weil ein Buch nicht gleich gut ankommt oder weil ein paar Kollegen gemeine Kritiken darüber aufs Papier gekotzt haben, wer macht denn sowas? Oder war es, weil Ihnen Ihre Frau den Kontakt mit Ihrer Tochter untersagt hat? Sicher, das würde ich eher verstehen. Aber ich bin nicht gesprungen, Spielmann, das waren Sie, der beinahe gesprungen wäre, damit das klar ist.

13

Ende Oktober, als wir schon nicht mehr glaubten, noch etwas von Murlo zu hören, kam eine Postkarte, auf der eine Katze zu sehen war. Vielleicht auch ein Kater. Auf den ersten Blick hatte er eine gewisse Ähnlichkeit mit Murlo. Wenn man näher hinsah, natürlich nicht. Solche Eulenaugen wie seine wird man bei anderen Katzen nicht so leicht finden.

Auf der Rückseite standen drei in Blockschrift geschriebene Zeilen.

WIR HABEN IHREN KATER MURLO GEFUNDEN. WENN SIE IHN WIEDERHABEN WOLLEN, KOMMEN SIE MORGEN (29. 10.) ZWISCHEN 15 UND 16 UHR IN DEN SCHÖNBORNPARK. TREFFPUNKT: EINE DER BÄNKE NEBEN DER HUNDEZONE.

Er war schon etwas merkwürdig, dieser Text. Aber das wollen wir lieber nicht gleich bemerken. Zuallererst waren wir froh. Und wie! Murlo lebt! Wir öffneten ein Flasche Prosecco und stießen auf ihn an.

Es stimmt also, sagte ich. Er hat sieben Leben. Vielleicht sogar siebeneinhalb.

Paula lachte. Wie du!

Vorsicht, sagte ich. Man soll den Tag nicht vor dem Abend loben. Aber den Kater holen wir morgen Nachmittag auf jeden Fall ab.

Ach Gott, sagte Paula. Morgen Nachmittag bin ich in Linz. Mit Greenpeace. Bei einem Treffen der *Verteidiger Europas.*

Europa gehört nämlich nicht in muslimische Hand. Wir sind nämlich, weißt du, ein christliches Abendland.

Ja, sagte ich. Schade. Ich meine, schade, dass du dorthin musst. Aber du bist entschuldigt. Ich schaffe das auch allein. Ich nehme den Katzenkäfig und fahre in den Schönbornpark.

Der Schönbornpark? Wo soll denn der überhaupt sein?

Im achten Bezirk, sagte ich. Etwas eigenartig, dieser Treffpunkt. Konnte es sein, dass der Kater bis dorthin gelaufen war? Aber wo er gefunden worden war, ging ja aus der lapidaren Botschaft nicht hervor. Vielleicht war es einfach so, dass die Leute, die ihn, wo auch immer, gefunden hatten, dort wohnten.

Schön, sagte Paula, dann gehst du also dorthin.

Ich kenne den Park, sagte ich. Eine Zeitlang habe ich nicht weit von dort gewohnt.

Vor meiner Zeit, sagte Paula.

Lang vor deiner Zeit, sagte ich. In einer kleinen Wohnung in einem alten, aber schönen Haus mit Innenhof und Pawlatschenbalkonen.

Romantisch, sagte Paula.

Ja, sagte ich, romantisch. Wasserleitung und Klo auf dem Gang. Aber Weinlaub, das sich an den Pawlatschen hinaufrankt, und ein Rosenstrauch. Ein Rosenstrauch, den angeblich der Schammes gepflanzt hat, der Tempeldiener von nebenan. Daneben war vor dem Jahr 1938 eine Synagoge. Die haben die Nazis im November 38 angezündet. Auf der Feuermauer des Hauses hat man noch immer die Brandspuren gesehen. Das war das Haus, in dem ich *Steins Paranoia* geschrieben habe.

Am nächsten Vormittag fuhr Paula nach Linz. Und am nächsten Nachmittag nahm ich den Katzenkorb und fuhr zum Schönbornpark. Es war etwas nach fünfzehn Uhr, als ich dort ankam, es war ziemlich kühl. Ich setzte mich vorerst trotzdem auf eine Bank, vereinbarungsgemäß neben der Hundezone, in der große und kleine Hunde, denen die Witterung eher behagte als mir, munter hin und her liefen, herumtollten und übertrieben viel kläfften und bellten – für eine Katzenübergabe ein reichlich fragwürdiger Ort.

Nach einer Weile begann ich hin und her zu wandern, denn die Bank war kalt. Und es wurde halb vier, und dann wurde es Viertel vor vier, und dann war es schon zehn Minuten nach vier. Und dann wurde es halb fünf, und da wurde es in diesem Park auch noch feucht, und die Leute mit den Hunden machten sich auch schon auf den Heimweg. Und da wollte ich nicht länger warten, und es hatte ja wohl auch kaum mehr Sinn, und dann nahm ich den Katzenkorb, den ich auf die Bank gestellt hatte, und ging.

14

Hatte uns da jemand schlicht und einfach zum Narren gehalten? Oder was sonst? Hatte es ein Missverständnis bezüglich Datum und Uhrzeit gegeben? Bezüglich Treffpunkt wohl kaum, der Park, den ich jetzt verließ, war doch der Schönbornpark. Jedenfalls würde ich ohne Kater nach Hause zurückkommen.

Sollte ich Paula anrufen? Nein, sie war vermutlich gerade *in action.* Hatte das Telefon abgeschaltet und war jedenfalls kaum erreichbar. Außerdem war es ohnehin besser, ihr vom Misserfolg meiner Mission nicht am Telefon zu erzählen. Daheim würde es leichter sein, da konnte ich sie umarmen, schau, würde ich dabei sagen, das letzte Wort ist ja noch nicht gesprochen oder geschrieben.

Da stand ich nun in der Lange Gasse mit dem leeren Katzenkorb. Sollte ich wieder einmal ein Taxi rufen? Mit Murlo im Korb wäre das selbstverständlich gewesen, er wog (falls er nicht abgenommen hatte) gute fünf Kilo. Aber ohne ihn konnte ich auch öffentlich fahren.

Mit der Linie 5 oder der Linie 2. Fragte sich nur, ob ich die paar Schritte bis zur Haltestelle der Linie 2 in der Josefstädter Straße gehen sollte oder die paar Schritte bis zur Haltestelle der Linie 5 in der Laudongasse. Ich entschied mich für die Josefstädter Straße. Das war, wie sich bald herausstellen sollte, die falsche Entscheidung.

Jedenfalls, wenn es darum gehen sollte, die Autobiografie

weiterzuschreiben. Denn dazu sollte ich dann bis auf weiteres nicht mehr kommen.

Wäre ich zur Laudongasse gegangen, so wäre nicht geschehen, was dann gleich geschah, denn die Lange Gasse ist eine Einbahn in der Gegenrichtung. Da hätte dieses Auto nicht hinter mir herfahren können.

Es fuhr allerdings ungewöhnlich langsam, dieses Auto, ein weißer Kastenwagen. Fast so, als wollte sich der Fahrer oder die Fahrerin gleich neben dem Lokal Ecke Florianigasse einparken. Aber dort war auch nicht die kleinste Lücke frei, geschweige denn eine für ein so großes Fahrzeug. Und vielleicht hatte das die Lenkerin oder der Lenker nun doch schon bemerkt, denn sie oder er fuhr nun doch wieder etwas schneller.

Wie konnte ich mich so übertölpeln lassen? Ich will versuchen, mir das zu vergegenwärtigen. Jetzt ist der Kastenwagen gleich auf meiner Höhe, ganz knapp am Randstein, und da fühle ich mich ehrlich gesagt schon ein bisschen bedrängt. Aber vielleicht sind das ja etwas unbeholfene Besucher aus dem Ausland, denke ich, Touristen, die mich nach irgendeiner Sehenswürdigkeit fragen wollen, und das denke ich noch, als der Mann auf dem Beifahrersitz die Tür öffnet, allerdings, kommt mir vor, einfach ungeschickt, denn da kann ich auf dem Gehsteig nicht weiter.

Merkwürdigerweise bin ich in diesem Moment der einzige Mensch auf diesem Stück Gehsteig, niemand vor mir, niemand hinter mir. Wahrscheinlich liegt das am schlechten Wetter, es ist neblig und beginnt nun auch noch zu regnen. Und gerade habe ich noch überlegt, ob ich mich nicht in der nächsten Einfahrt unterstellen und mir doch ein Taxi leisten soll, statt auf dem Weg zur Haltestelle richtig nass zu werden, aber das kann ich mir jetzt sparen. Denn so schnell kann ich gar nicht schauen, sitze ich schon auf dem Rücksitz des Wagens im Trockenen, mitsamt dem Katzenkorb, allerdings hat man mir auch eine Mütze über den Kopf gestülpt und so tief ins Gesicht gezogen, dass ich bis auf weiteres nichts mehr sehe, und das ist doch etwas übertrieben.

Und mit Klebebändern hat der Mensch gearbeitet, der mich in den Fond des Wagens gedrängt hat. Erstaunlich geschickt. Und verblüffend rasch. Er muss das trainiert haben. Und bevor ich noch ein Wort des Protests rufen kann, ist mein Mund schon verklebt. Und bevor ich noch eine Bewegung der Gegenwehr zustande bringe, sind meine Arme fixiert.

Ein bisschen strample ich noch mit den Beinen, aber das werde ich bald aufgeben. Lassen Sie das, sagt der Mann, der neben mir sitzt, das ist ja kindisch! Und die Stimme kenne ich natürlich, es ist die Stimme, die oben im Türkenschanzpark auf mich eingeredet hat, die Stimme, die mich dann wiederholt am Telefon belästigt hat, auch mitten in der Nacht. Was soll denn das, Stein, möchte ich sagen, Sie sind ja verrückt – aber das geht nicht: Wenn ich die Lippen zu bewegen versuche, reiße ich mich bloß an den Barthaaren an Ober- und Unterlippe.

Dass der Mann, der mir da auf dem Rücksitz des Wagens Gesellschaft leistet, Stein ist, wer sonst, ist also geklärt. Aber wer bitte ist der Mensch, der vorn am Volant sitzt? Der übrigens überflüssig schnell fährt, wie ich ihm sagen würde, wenn ich könnte. Vorläufig ist ja niemand hinter uns her, würde ich sagen, aber wenn Sie in diesem Tempo weiterfahren, kann es leicht sein, dass eine Polizeistreife auf uns aufmerksam wird.

Aber soll ich mir das wünschen, frage ich mich, damit dieser Entführungsversuch gestoppt wird, bevor wer weiß was passiert? Denn man kann ja nicht wissen, was die beiden, Stein und sein Komplize, mit mir vorhaben. Ich bin mir trotzdem nicht sicher, ob ich das will. Es reizt mich nicht, Polizisten erklären zu müssen, in welchem Verhältnis ich zu zumindest einem meiner Entführer stehe.

Eine Waffe haben die beiden nicht – oder doch? Falls doch, haben sie die jedenfalls nicht gebraucht, um mich in ihre Gewalt zu bringen. Aber wer weiß, wofür sie die sonst noch brauchen. Stein ist ein Psychopath, er ist drauf und dran, das zu demonstrieren.

Und jetzt habe ich das Gefühl, dass mir gleich schlecht wird. Entweder, weil mir Bilder aus zynischen Fernsehkrimis durch den Kopf laufen, oder weil die Strecke, auf der ich entführt werde, so unwahrscheinlich viele Kurven hat. In Linkskurven werde ich, steif verschnürt wie ich bin, an die rechte Schulter Steins gedrängt, in Rechtskurven drohe ich nach links zu rutschen und gegen die Tür auf der Fahrerseite zu kippen. Um das zu verhindern, umfasst mich Steins Arm beinah brüderlich.

Und dann wird die Fahrt endlich langsamer, und dann hält der Wagen. Und ich werde aufgefordert, auszusteigen. Kommen Sie, sagt Stein, setzen Sie brav einen Fuß vor den anderen. Und er nimmt mich an der Hand, die ja frei ist, auch wenn die Arme am Körper fixiert sind, steif soll ich neben ihm hergehen, wie eine Marionette, peinlich, ich könnte ihn ohrfeigen – aber so gern die eingeschnürten Muskeln diesem Impuls sofort folgen möchten: Die Klebebänder geben nicht nach.

Und ich höre, wie die Autotüren zugeschlagen werden, erst die hinter mir, dann auch die neben dem Fahrersitz … Und trotz der blöden Mütze auf meinem Kopf spüre ich, dass es nach wie vor regnet … Und spüre die Straße unter meinen Füßen, dann den Randstein, dann ein Stück gepflasterten Gehsteig … Und dann höre ich, wie ein Schlüsselbund scheppert, und spüre, wie eine Haustür – oder eher ein Haus*tor* – vor mir geöffnet wird.

Und spüre den Zugwind, der uns aus dem Flur, in den wir jetzt offenbar treten, entgegenweht. Uns – das sind Stein und ich und der Komplize, der zuerst am Volant gesessen ist, aber der muss Schuhe mit weichen Sohlen haben, wahrscheinlich leichte Sportschuhe, trotz des Regens, denn seine Schritte hinter mir höre ich kaum. Und der Zugwind lässt mich vermuten, dass vor uns, am Ende des Flurs, noch eine weitere Tür ist. Und richtig, da sind wir schon – es handelt sich offenbar um eine Schwingtür, und das habe ich mir gedacht.

Und die Flügel der Schwingtür schwingen noch hinter uns aus. Und dann glaube ich, Kopfsteinpflaster unter meinen Füßen zu spüren, und einen Moment lang bilde ich mir ein, das Moos auf diesem Pflaster zu riechen. Aber da liegt auch noch etwas anderes in der Luft: ein Duft nach Rosen, obwohl das Ende Oktober doch sehr unwahrscheinlich ist. Und doch – in dem Hof, dessen Bild jetzt kurz vor meinen verbundenen Augen aufblitzt, haben die Rosen manchmal zu sehr ungewöhnlichen Jahreszeiten geblüht.

Und Stein dirigiert mich nach rechts, das überrascht mich nicht. Denn dort wird vermutlich der Treppenaufgang sein. Genau wie in dem Haus, an das ich mich jetzt immer detaillierter erinnere. Doch wahrscheinlich gibt es in dieser Stadt viele alte Häuser, deren Grundrisse einander ähneln.

Aber die Treppe, auf der mir Stein jetzt vorausgeht … Denn nebeneinander hätten wir da nicht genug Platz … Ja, genau, das ist eine Wendeltreppe … Kommen Sie, sagt er, halten Sie sich am Geländer fest …

Diese glattgetretenen, an den Kanten beinahe ab*gerundeten* Stufen … Die kenne ich doch, diese Stufen, und auch dieses Geländer, das sich kühl anfühlt und ein bisschen staubig, kenne ich … Meine Hand erinnert sich, meine Füße erinnern sich, ICH erinnere mich … Ich glaube mich sogar zu erinnern, wie viele Stufen es bis zum ersten Stock sein müssen, und beginne zu zählen: prompt neunzehn, und bis zum zweiten Stock sind es dann merkwürdigerweise zwei mehr, also einundzwanzig, doch wenn wir die hinter uns haben, müssen wir direkt vor meiner Tür stehen.

Und dann sitze ich auf dem alten Sessel vor meinem alten Schreibtisch und vor mir meine alte Schreibmaschine, die *Olympia Monica*. Sie haben mir die Augenbinde abgenommen, eine Prozedur, die nicht ohne Schmerzen abgegangen ist, die Klebebänder, mit denen sie befestigt war, haben mir Haare an den Schläfen ausgerissen. Auch die Unterarme haben sie mir befreit, aber mehr nicht. Offenbar gehen sie davon aus, dass das reicht.

Zuerst hat mich die Schreibtischlampe geblendet, und ich habe die Augen gleich wieder schließen müssen. Aber jetzt kann ich sie schon offen halten und mich umsehen. Und ich bin mir sicher, das ist meine alte Wohnung. Obwohl fast keine Möbel mehr in den leeren Räumen stehen, nur eben der Schreibtisch und der Sessel, auf dem ich sitze, und die zwei Klappstühle, auf denen meine Entführer sitzen.

Die Wohnung, in der ich *Steins Paranoia* geschrieben habe. 45 Quadratmeter, eine kleine Küche und zwei kleine Zimmer.

Wir sitzen im mittleren Zimmer, durch die Fenster müsste man auf das Dach vis-à-vis sehen, ein Schindeldach, das in meiner Erinnerung ein schönes, warmes Licht reflektiert. Doch die Läden sind geschlossen, und außerdem muss schon Nacht sein.

Da sitzen wir also, unser drei, ein Gefangener und seine zwei Kidnapper. Stein und sein Komplize, offenbar der, welcher vorher das Auto gelenkt hat. Und ich frage mich, wo man jemanden findet, der bei so einer Verrücktheit mittut. Er trägt einen Kapuzenpullover, sein Gesicht kann ich vorläufig nicht erkennen.

Aber der Kater. Den Kater erkenne ich. Und *er* erkennt *mich*. Trotz der Bandagen, die mich entstellen. Murlo. Er sitzt auf dem Blumentisch, links neben mir. Und blinzelt. Und schnurrt. Ja, er schnurrt. Murlo schnurrt. Das tut gut.

Und jetzt steht Stein auf und beginnt hinter mir hin und her zu gehen. So weit, sagt er, hat es also kommen müssen. Ursprünglich habe ich mir unsere Zusammenarbeit ja etwas zwangloser vorgestellt. Aber Sie wollten ja nicht. Das kommt nun davon.

Jetzt werden Sie bitteschön schreiben, was ich diktiere. Wenn Sie am Ende der jeweiligen Seite angelangt sind, wird Clarissa Ihnen ein neues Blatt in die Maschine einspannen. Sitzen Sie bequem? Haben Sie genug Bewegungsfreiheit? Also dann schreiben Sie, Spielmann, schreiben Sie!